闖進山洞的泰國少年

擁抱世界正能量①

關麗珊　著

新雅文化事業有限公司
www.sunya.com.hk

擁抱世界正能量 1
闖進山洞的泰國少年

作　　者：關麗珊
插　　圖：王恬君
責任編輯：陳友娣
美術設計：王樂佩
出　　版：新雅文化事業有限公司
　　　　　香港英皇道 499 號北角工業大廈 18 樓
　　　　　電話：（852）2138 7998
　　　　　傳真：（852）2597 4003
　　　　　網址：http://www.sunya.com.hk
　　　　　電郵：marketing@sunya.com.hk
發　　行：香港聯合書刊物流有限公司
　　　　　香港荃灣德士古道 220-248 號荃灣工業中心 16 樓
　　　　　電話：（852）2150 2100
　　　　　傳真：（852）2407 3062
　　　　　電郵：info@suplogistics.com.hk
印　　刷：中華商務彩色印刷有限公司
　　　　　香港新界大埔汀麗路 36 號
版　　次：二〇一九年四月初版
　　　　　二〇二一年六月第二次印刷

ISBN: 978-962-08-7233-4

目錄

✦ 第一章　我們心裏有光 ✦

雨季來臨之前，天空明澄清澈，一望無際的藍天白雲藍得魔幻，有時深藍如海，有時淺藍勝雪。儘管阿來從來沒有見過雪，但他相信白雪並非純白色，而是帶點淺藍的白，好像天上飄浮的白雲，看似白色，其實帶點淺淺的藍。

早上趕去球場的時候，阿來一邊騎單車一邊唱歌，陽光灑在他的頭上身上，微風在髮尾吹過，讓他感到説不出的快樂。

阿來很喜歡踢足球，每次踏上沙地或草地的足球場，所有煩惱都會在刹那間消失，眼前只有教練和十三個隊友，即使他是最遲加入的後備球員，阿來依然感到高興。

一個人留在教堂是説不出的寂寞，家人都在遙遠的

地方，他好像是被世人遺忘的孩子。只有踏足球場，阿來才可以跟隊友一起練習，一起歡呼，一起説笑，還有親切友善的教練悉心指導，球場就是他的家。

阿來早已認定教練是他的哥哥、叔叔甚至爸爸，反正教練是他在這些年間最親近的人。

騎單車來到練波的沙地球場後，阿來將單車倚在樹旁，遠遠看見教練和察猜閒聊，連忙跑過去打招呼。

教練看見阿來，笑問：「吃過早餐沒有？」

「吃過了，今日有白麵包和香蕉呀。」阿來邊説邊笑，他最喜歡吃香蕉，未必日日有香蕉的，所以，今日由早餐開始覺得特別開心，笑個不停，一口潔白的牙齒在陽光下閃耀。

察猜説：「教練，你沒有問我有沒有吃早餐，你偏心呀。」

教練笑説：「你有媽媽照顧，她一定準備了早餐，你吃完才讓你來練習。阿來一個人住在教堂，我當然要

問他，如果未食早餐，我可以給他乾糧和水。你們不能空腹練習，也不能吃太飽呀。」

「謝謝教練。」阿來笑説，打從心底裏感謝教練。

隊友陸續來到，互相打招呼後，教練開始跟隊友一起跑圈熱身。

察猜跑圈時問身旁的阿杜：「教練可有問你吃過早餐沒有？」

「沒有呀，他沒有問我可有吃早餐，只問我吃了哪樣子的早餐。」阿杜如實説。

「他沒有問我，教練不關心我。」察猜有點生氣。

跑在前面的教練邊跑邊轉身望向背後，看見隊員談話，大聲説：「察猜和阿杜再傾談的話，罰跑五個圈才可以開始練習。」

阿杜和察猜互望一眼，連忙加快腳步向前跑，阿杜百忙中還要吐一吐舌頭，自言自語：「教練惡得嚇壞人呀。」

跑圈熱身後，練習如常展開，待大家踢得筋疲力竭，最後還有訓練體能，一起做掌上壓三十下，用以鍛煉腹肌和臂力。

　　阿欽做了二十下掌上壓就沒有氣力，伏在地上休息。教練看見，知道他已盡力，任由他休息一會。

　　練習完畢以後，大家忙於抹汗和喝水，阿宋突然說：「我們去山洞探險吧。」

　　全場同時和應，教練猶豫道：「你們要回家溫書呀。」

　　「我沒有去過山洞啊。」平日極少說話的真奈主動爭取說。

　　「我都沒有，我想去看看。」司善連忙附和。

　　「許多同學去過，但我沒有啊。」卡卡說。

　　「教練，沒關係的，我們很快可以回家溫習。」阿宋說：「今日是阿朗的生日，我們可以去山洞為他慶祝生日，遲點回家都沒關係呀。」

「我去過，我可以帶路，我們一起去探險啦，教練。」阿來説。

「可能有危險的，你們要聽我説，不能單獨行動的。」教練説。

「我們會聽你指示的。」阿欽説，想了想再問：「我們先去買生日蛋糕嗎？」

「大家快點夾錢買零食和生日蛋糕。」卡卡説。

「你們同我慶祝生日？」阿朗一臉驚喜問，然後，望向教練説：「教練，我想在山洞慶祝生日，我們會聽你説的。」

「阿朗別裝作驚喜，你一早知道我們準備為你慶祝生日的。」阿宋説。

阿朗偷笑，司善笑説：「我帶了全部零用錢幫你慶祝的。」

「全部即是多少錢？」阿欽笑問。

「夠買十分一個生日蛋糕的……」司善帶點不好意

思地説。

「我有錢啊，夠買四分一個生日蛋糕。」阿杜説。

「我沒有零用錢，不過可以出力，幫阿朗拿生日蛋糕。」阿來説。

「好呀，我們有錢出錢，有力出力，幫阿朗搞驚喜生日會。」沙治説。

「人人知道的就不是驚喜生日會啊。」小安説。

教練還在猶豫，但見一班隊員懇切的眼神，尤其是未曾到過山洞的隊員，更是渴望前往，加上知道阿來就算回到教堂都得自己一個，想了好一會，想到這班孩子難得開心，只好同意，打算在洞內幫阿朗慶祝生日後，逗留一陣子就離開山洞，隊員可以回家吃飯，他可以陪伴沒有家人在這兒的真奈和阿來吃晚飯。

教練望向所有隊員，笑説：「我們去拿單車，先吃午飯，然後去買生日蛋糕。」

全班少年一起歡呼，只有小虎悶悶不樂，呆呆地望

着地上。

「教練。」小虎抬頭望向教練，輕輕説：「教練，我不去了，我答應媽媽早點回家吃午飯，然後做功課的。」

「好吧，答應媽媽不能失信的，快回家。」教練走近小虎，輕拍他的肩膀説。

「不過，我好想去阿朗的生日會。」小虎低下頭，悶悶地説。

「下次隊友的生日會再預你，很快就再有生日會的。」卡卡説。

小虎滿是不捨，走去找回自己的單車後，轉身看見他們有説有笑，扁扁嘴説：「下次，下次有生日會，我一定參加的。阿朗，生日快樂。」

「謝謝，明天上學告訴你山洞的生日會如何。」阿朗笑説。

「嗯，下次一定參加山洞生日會的。」小虎説。

「小虎，快點回家吃飯和做功課，以免媽媽掛心。」教練說。

小虎騎上單車，頭也不回走了，生怕逗留越久越不捨得離開。

小虎沒有跟大家說媽媽為什麼要他及早回家，他心裏有點討厭媽媽，因為上次數學不合格，媽媽要他加倍努力溫習算式，希望他以後測驗合格，只是要求合格而已。然而，他多麼希望媽媽任由他四出玩耍，好想留下跟隊友一起去探險，不合格就不合格，反正測驗時時有，探險機會不常有。

「小虎真可憐，要趕回家做功課。」阿朗說。

「我上次去他的家，準備找他去玩，被他的媽媽罵了一頓，他的媽媽很兇呀。」司善說。

「小虎媽媽可能是全世界最兇惡的媽媽啊！」阿宋說：「幸好我媽不像她。」

教練正想制止他們說三道四，正好聽到阿來說：

「小虎不是可憐，他是幸福。我很羨慕阿虎有個好媽媽，我的媽媽每年只能來教堂探望我一兩次，如果媽媽可以日日管教我就好了。」

「別説了，我們要快點行動，確保大家黃昏前回到家裏。」教練説。

大家看見教練的嚴肅表情，即時靜下來，阿宋隨即説：「我們出發吧。」

「好啊。」十一個少年幾乎一齊回應阿宋，一起跑去停泊單車的地方，跟隨教練出發。

正午豔陽高照，陽光曬在皮膚上還有點熾熱。

沒有人留意天上的雲飄得特別快，天色變得過於瑰麗，那是暴風雨前夕的晴天。

一行十三人高高興興去附近食肆吃午飯，然後買生日蛋糕和一大堆零食，個個心情愉快，有説有笑，浩浩蕩蕩地騎單車到睡美人山洞去，到達後，將單車放在山洞外。

教練帶頭先走進山洞，阿邁拿生日蛋糕走在第二，卡卡拿食物走在第三，然後是其他隊友，最後是阿來，他要確保每個隊友安全走進山洞。

　　由於手持生日蛋糕有點麻煩，大家先在洞口附近唱生日歌和切蛋糕。

　　阿宋問阿朗：「你剛才許了哪樣的生日願望？」

　　阿朗笑說：「媽媽說不能說出生日願望，要不然，願望會落空的。」

　　「別說了，我們吃蛋糕。」察猜說。

　　「剛剛吃過午飯，好飽呀，我們先吃一點，然後去探險，待會兒再吃蛋糕和薯片。」阿朗說。

　　「好呀。」阿杜說。

　　教練亮了電筒，先走到洞穴更深處，大家跟教練一起走，卡卡和司善首次進入山洞，覺得非常刺激，真奈默默前行，同樣為第一次踏足洞穴高興。十二個少年無論是否首次來到山洞，都感到有點害怕，又有點刺激。

教練想隊友早點回家吃晚飯，走得特別快，好讓旅程速去速回，那一刻，沒有人預料到探險會易去難返。大家只管加快腳步，緊貼教練的高速步幅。

「我好驚呀。」年紀較小的阿欽感到有點寒意，低聲跟身旁的阿來説。

「別怕，教練在你前邊，我的手機可以隨時亮電筒的，而且，我們背後還有陽光呀。」阿來説。

「沒有陽光呀。」阿欽轉身望向遠處的洞口，已經看不見陽光。

阿來連忙轉身，看見洞外沒有陽光，向前喊道：「教練，沒有陽光了。」

教練看看手機，不覺有點奇怪。走入山洞不足一小時，太陽還有很長時間才下山啊。

「教練，我們還要前行嗎？」阿來喊過來問。

教練還在猶豫，卡卡説：「多走一陣子吧，我第一次來啊。」

「好吧，再多走一陣子，大家就要折返回家了。」
教練說。

一行十三人繼續走進山洞內，原先洞口還有點陰天
下午的光，隨着他們越走越入，四周漸漸沒有光源。

曾經走進山洞的隊員知道深入洞穴就沒有光，但首
次探險的不知道，司善有點緊張，緊緊捉住察猜的汗衫
前行。

由於背向山洞，連教練都沒有留意今日光源消失的
原因跟平日的不同。平日是陽光照不到的地方黑暗，當
下是烏雲密布山雨欲來的昏黑。如果他們早點知道，還
有時間離開洞穴的，可惜當時沒有人察覺。

洞內岩石凹凸不平，大家小心翼翼向前行，阿來感
到有點寒意，向教練那邊的光源喊過去：「教練，今日
比平時還要凍啊。」

「嗯，你們冷嗎？」教練大聲問。

「不冷。」阿來說。

「凍啊。」小安説。

「有點冷。」阿欽附和。

「少許凍，我覺得有點凍。」沙治説。

回答聲音此起彼落，漸漸分不出是誰説的，教練深深吸一口氣，感到洞內空氣有點潮濕寒冷，説：「好像有點不對勁，我宣布探險到此為止，我帶你們出去。」

「教練，再走深入一點吧。」阿宋説。

「教練，我們還是出去吧。」阿欽説。

「我帶你們出去。」教練堅定説，開始轉身，然而，隊尾的阿來突然大喊：「教練，有水湧進來，不能回頭，我們要加快向前跑呀。」

教練用電筒一照，只見進來的路已被水淹，水位不斷增高，快要淹到他們所站的地方，大吃一驚，慌忙説：「跑！快跑！」

全部人驚惶失措，只管跟教練一起跑。幾個隊員發現自己的一隻鞋以至一對鞋鬆脱，慌忙回頭撿拾，阿來

大聲說：「由我撿拾，你們快跑，別回頭望。」

教練聽到後面斷斷續續傳來喘氣和低泣的聲音，知道他們受驚，隨即用平和安靜的語氣說：「快到安全地點，我們可以休息一會，不必緊張。」

「教練，我的鞋不知掉在哪兒了。」阿欽大喊。

「別緊張，大家跟我跑，很快會到安全地點的。」教練說。

洞內漆黑，顯得電筒的光特別明亮，甚至反射到四周的水光。

教練害怕起來，並非為自身安危感到害怕，而是帶領十二個少年一起走進洞穴探險，生怕無法把他們一一帶出洞穴，那種恐懼令他心跳加速，慌忙為少年找尋安全的路。

教練差點跌倒，幸好阿宋及時捉住他的手臂。教練隨即站穩，他知道自己責任重大，不能再走錯路的。

「教練，有水湧過來呀。」察猜在隊中遠遠喊來。

「有人照顧阿欽嗎？」教練問。

「阿欽在我前面，我會照顧他的，教練，我撿回阿欽和小安的鞋了，你不用掛心隊尾的事，向前走，大水淹到了。」阿來高聲説。

「大家小心走路，不要跌倒，互相照應。」教練提醒説。

阿欽好害怕，眼眶充滿淚水，卻不敢哭出聲。

阿來彷彿明白阿欽的心情，伸手向前握住他的手臂，緊握一下，示意跟他同在，阿欽用左手的手背抹去淚水，堅強地向前走。

阿來再緊握阿欽的手臂一下，以示鼓勵。

大家清楚聽到背後洶湧的水聲，加上洞穴的回音，讓他們感到仿如在海底行走，即使強自鎮定，也不能假裝聽不到水聲和自己加速跳動的心跳聲。

教練看見前面有高處，揚聲説：「我們一個跟一個走上去，上到去就安全了。」

教練站在那兒，幫助一個又一個少年攀上高處，教練知道那兒遠離水道，洪水不會淹至那麼高的地方，大家可以休息一會。

　　教練說：「大家找個穩定的位置坐下來，然後說出自己的名字點名。」

　　「阿來。」阿來是尾二爬上去的，但見沒有隊友回應教練，只好先說。然後，他拍拍阿欽的手背，阿欽忍住眼淚說：「阿欽。」

　　「阿宋沒事，不過，我拿的蛋糕有點變形。」阿宋雙腿痠軟，坐下後不願再站起來。

　　「察猜到。」察猜拍拍胸口說，感到心跳仍比平日快。想起蛋糕，不忘跟大家說：「幸好已經幫阿朗慶祝生日，剩下的蛋糕不多，要不然整個蛋糕變形，未免可惜。」

　　阿來原來想取笑察猜除了食就什麼都不關心，但覺那刻不適宜說笑，便繼續沉默。

「阿杜。」阿杜安定下來，低聲說。

「阿朗在。」

「司善安全，雖然差點掉進水裏，不過，現在安全呀。」司善想逗大家笑，發現沒有人笑，只好自己乾笑兩聲說：「安全呀，大家笑一笑吧。」

「真奈有笑呀，真奈都安全。」真奈心裏懼怕，但不敢表露出來，反而說話多了。

「阿邁到。」阿邁跑累了，索性躺在泥地說。

「沙治在這兒。」

「卡卡到。」

「小安⋯⋯」年紀最細小安想說他到了，但害怕和心酸的感覺一下子湧到胸口，忍不住哭起來，附近的阿杜和阿欽聽到小安的哭聲，開始流淚，卻不敢發出聲音，不斷抹眼淚。

教練關上電筒，山洞黑得伸手不見五指，只有點點水光倒影，教練以盡量平靜的語氣說：「大家安全啦，

坐好安靜一會。」

「教練，我們會死嗎？水淹上來會淹死人的，我聽說曾經有人在洞穴淹死呀。」阿邁怯怯問。

「不會，我保證我們不會死。」教練說。

「你怎樣保證呢？」阿朗問：「只要大雨下個不停，說不定會淹死我們。」

「你們忘記我們是世上最好的小野豬足球隊嗎？」教練笑說：「我們會跑的。」

黑暗中傳來零星笑聲，笑聲中又夾雜哭聲。

「教練，我好害怕，好黑，可以有光嗎？」阿杜的聲音輕輕響起，沙治已經亮起他的手機電筒。

「別怕，大家關上電筒和手機。」教練輕輕說：「手機要儲存能源，不能浪費。如果有人來幫助我們，我們要亮起電筒顯示位置。除了儲電，我們還要儲備精力，大家別動，在原地找個位置打坐。」

「教練，我怕黑的。」卡卡的聲音帶點顫抖說。

「我在你身旁，卡卡，不用怕。」阿來低聲説。

「我可以握住你的手嗎？」

「我就坐在你的右邊，不過，打坐不握手的。」阿來説。

「教練，我……」司善正想説下去，教練已經先説話：「你們答應聽我指令，你們忘了嗎？」

「教練，我記得，但我好害怕。」小安説。

「小安，別害怕，我們都會在你身旁保護你的。」阿來説。

「大家答應聽教練説話的，現在全部安靜，我們開始打坐，小腿交叉放在前面，坐骨（sit bones）穩坐地上，放鬆肩膊，深緩呼吸……」教練説。

「教練，有水聲呢，大水會湧過來這裏嗎？」小安顫聲説。

「教練，我怕黑，可以開手機電筒嗎？」阿杜邊哭邊説。

「我們閉上眼睛，將專注力帶回自己身上，靜靜感受心裏的光。我們心裏都有亮光，心裏的光一直照耀我們，沒有黑暗就無法顯示亮光。我們放鬆肩膊，一起細數自己的呼吸，吸氣，呼氣，慢慢吸氣，慢慢呼氣，再吸，再呼……」

十二個少年慢慢投入呼吸，漸漸忘記外面的環境，忘記自己在山洞內。

靜默中，全部少年一起受到心裏的光逐漸明亮起來，信任教練，信任隊友，信任心裏的光。

✦ 第二章　十三人失蹤 ✦

小虎最喜歡到球場練習踢足球，更喜歡跟教練和隊友一起離開時吃東西，可惜，這天只得小虎獨個兒回家，令他的心情有點失落。

平日跟隊友一起騎單車回家覺得路途短暫，大家有時鬥快，有時鬥嘴，轉瞬就到家門，他多麼希望路程再遠一點。

小虎獨自回家的時候，但覺長路漫漫，中途看見有一羣蝴蝶飛舞，忍不住停下來細看。

小虎蹲在地上看昆蟲和蝴蝶，只見陽光灑在樹上和草地上，四周稻田阡陌，蝴蝶翩翩起舞，煞是好看。

由於他專注細看不同顏色和圖案的蝴蝶，沒有留意地上的陰暗面積越來越大，太陽早已被烏雲掩蓋。

蝴蝶和昆蟲都飛走和跳走後，小虎才發現已沒有陽

光，抬頭看見大片烏雲從遠處飄過來，慢慢靠攏，知道快要下雨，連忙跳上單車，拼盡氣力飛快騎單車回家。

由於沒有留意時間，只知快要吃午飯，小虎感到正午的光線已經像黃昏的。他在單車上遠遠看見媽媽倚在門邊向他招手，媽媽的聲音就像隨風飄在耳邊似的：「小虎，快點，快一點回家，快要下大雨啦。」

小虎加快單車速度回家，媽媽隨即拖住他的手入屋，笑説：「你不知我有多掛心，幸好未落雨。」

天色逐漸暗下來，明明是正午，卻較黃昏更陰暗，然後有雷聲和閃電，天色隨即變得像半夜那樣漆黑，顯得閃電更明亮。

「天氣翳悶多日，這場雨肯定是場大雨，小虎，快吃午飯，然後溫習。」媽媽説。

小虎在心裏抱怨又要溫習，但沒有説出來，只是默默吃飯。

吃過午飯，四周颳起狂風，然後是傾盆大雨，連家

裏的小狗都感到害怕，只管躲在小虎腳旁哆嗦。

吃過午飯，小虎整個下午都在溫習數學和常識，看書看得頭昏腦漲。

晚飯的時候，幾個隊友的家長來到小虎的家，阿朗的媽媽問：「你見過阿朗嗎？」

「見過呀，今日一齊練波。」小虎說。

「沙治呢？」沙治的媽媽問，然後說：「沙治還未回家，我和他的爸爸都好擔心呀。」

「嗯？我練波之後就回家，沒有再見過他們了。」小虎說。

「阿朗說一定回家吃晚飯的，我買多了菜，準備為他慶祝生日，他不會遲過晚飯時間回家的。小虎，你知道什麼都說出來，快點說。」阿朗媽媽焦慮說。

「你知道就說出來。」小虎媽媽正色跟兒子說。

「我知道他們去探險，」小虎說：「我原本想一齊去的，不過，媽媽要我早點回家溫習……」

「他們去哪兒探險？」阿杜媽媽打斷小虎的話說。

「我不知道，猜想是睡美人山洞。」小虎說。

「不知道？你肯定是睡美人山洞嗎？」察猜的媽媽提高聲音反問。

小虎說：「不肯定，我知道他們去探險，但我離開後，不知道他們可會改變主意。」

沙治媽媽望向其他家長，冷靜說：「小野豬足球隊的成員都不在嗎？有些隊員沒有家長嗎？」

「他們的父母不在這兒啊。」沙治媽媽說。

「我家阿杜最怕黑的，現在夜了，不知他會否害怕。」阿杜媽媽說。

「冷靜一點，大家已經報警，很快可以找回他們的。」小虎媽媽說。

不足幾小時，附近幾條村的村民都知道小野豬足球隊的隊員和教練失蹤，只有小虎獨自回家，因為小虎答應媽媽回家溫習。

由於最小的小安只有十一歲，就算年紀最大的教練都不過是二十五歲，大家都好擔心和緊張他們的安危，紀律部隊開始搜尋他們的行蹤。

　　部分足球隊成員的家長聚在小虎家中等候，小虎將知道的事情重重複複講了無數次，阿邁和卡卡的媽媽哭起來，小虎媽媽安慰他們：「你們先回家休息吧，有消息會通知大家的。」

　　大家知道只能如此，開始各自回家，小虎媽媽再問小虎：「你真的不知他們去哪兒探險？」

　　「媽，你不相信自己的兒子？」小虎帶點生氣說。

　　「我當然信任你，不過，這件事太重要，你記得什麼都要說出來，我怕你忘記說啊。」

　　小虎不曾看見那麼多大人憂慮的表情，他希望可以幫助找到隊友，可惜他不肯定他們是否在睡美人山洞，望向母親焦躁的臉孔，只管低下頭說：「我真的不知道，我要趕回來溫習呀。」

「希望他們平安，」小虎媽媽說：「只能希望他們平安。」

晚上傳來搜索隊的消息，有人在睡美人山洞外看見多架單車，相信是小野豬隊員和教練的，推斷他們走進睡美人山洞探險。由於突然而至的暴雨令洞口水位上升，被困的少年和教練無法走出來，救援人員也無法走進山洞救人。

第二天，搜救人員在山洞和洞口附近發現不少腳印和手印，更加確定小野豬隊的隊員和教練都在山洞裏面，但山洞的出入口已被水淹，水位比昨晚還要高，沒有人能夠走進洞內。

阿杜和沙治的母親早已在洞口守候，不斷向洞內喊兒子的名字，但沒有人回應。察猜、阿欽和阿杜的父母都來了，不過，他們的父親要下田工作，無法逗留太久，最終只有一羣憂心的母親留守，大雨下個不停，人人流露憂慮神情，但搜救人員想不出任何方法走進洞內

找尋失蹤的少年。

小虎懇求爸爸帶他去睡美人山洞等候隊友，爸爸一再說：「你別去呀，現在要救人，你別去麻煩大人。」

「我擔心他們呀。」小虎說。

「全部人都擔心他們，你別去阻礙大人做事。」

「我留在家裏可以做什麼？」小虎問。

小虎媽媽加入說：「你好好讀書，將來做個有用的人，就是幫忙了。」

「媽，我不明白。」小虎說。

小虎爸輕拍他的肩說：「連媽媽的說話都聽不明白，還不快去讀書，做個明白事理的人呀。」

「我掛念隊友，非常非常掛念呀。」小虎說。

「電視新聞會有他們的最新消息，如果他們獲救，電視會播出來的。」小虎媽媽說。

小虎望出窗外，但見大雨下個不停，眼淚不由自主地掉下來，大聲說：「我想去看隊友，你們卻要我讀

書。」

「你別發脾氣，」小虎爸爸説：「救援人員正想辦法救他們出洞，你去那兒就是增添救護人員的工作，令大家增加麻煩，明白嗎？」

小虎想了想説：「我只可以在家等候？」

「你可以温習的。」小虎媽媽説。

小虎爸笑起來，小虎的眼淚還未抹乾，聽罷也想笑出來，真是哭笑不得，呆呆望出窗外，希望大雨快點停止，好讓教練和隊友走出山洞。

小虎在晚上睡覺時聽到窗外淅瀝雨聲，醒來仍聽到雨水打在屋頂的聲音，躺在牀上歎了歎氣。

翌日上學，小虎知道全校師生都關心小野豬足球隊十三人的下落，早會時祝願他們平安。

差不多放學時，校長特別向全校宣布，海豹部隊的潛水員開始進入洞穴搜救，跟大家説不用擔心，很快會救出被困的人。

小虎首次討厭下雨，但雨水連綿不斷，彷彿有班巨人在天上開水喉玩水，怎樣也不肯停止。

　　小虎在家等候到晚上，才見爸爸比平日遲許多回家，看見小虎，輕歎一聲，說：「我去過山洞附近，聽說還未找到。」

　　「你幹嗎走到那兒，很遠呀。」小虎媽媽說。

　　「騎單車去不算遠，我要代小虎去看看，希望他們早日脫險。」

　　「爸爸。」小虎感謝爸爸代他去山洞，上前握住爸爸的大手。

　　「小虎大個仔了，你的手快跟爸爸的一樣大了。」小虎爸爸握住兒子的手說。

　　大雨繼續下個不停，小虎走到窗前大喊：「停雨！快停雨！」

　　小虎父母任由兒子大喊一會，可惜，無論小虎喊多久，大雨還是下個不停。

✦ 第三章　悲傷孤獨的小男孩 ✦

大雨下個不停，一行十三人的小野豬足球隊成員無法離開洞穴，還要面對不斷水漲，不得不往洞穴深處跑去。

教練只用自己的電筒，要大家關上手機和電筒，保留電力，有機會的時候，可以亮光求救。

他們原本逗留的高地已被水淹沒，大家繼續往前走，走在尾二的阿邁跌倒，索性坐在地上哭起來。留守最後的阿來陪他坐下來，低聲問：「擦傷了嗎？」

「膝蓋流血，好痛。」阿邁說。

阿杜聽到哭聲，停下腳步，回頭大喊：「有沒有人受傷呀？」

「阿邁喊呀！」沙治說。

「他擦傷了，我會陪他走的。」阿來喊過去。

走在最前的教練回過頭來，用手機電筒照過去，看見阿邁哭得雙肩不停聳動，輕輕說：「阿邁，別哭，很快就會停雨，只要水退，我們就可以回家的。」

「我受傷了，走不動，我們會死在這裏嗎？」阿邁聲音顫抖問。

「別傻，昨日是我的生日，我怎麼會在第二日就死呢？」阿朗說，然後想想又覺得沒有道理，世上總有人在生日當天或第二日死吧。

「你們別說了，阿朗，別開這種玩笑。」教練說：「我們先坐下來休息。」

全隊人紛紛找尋較為乾爽的地方坐下，阿來坐在阿邁和阿欽身旁，沙治坐在阿邁旁邊輕拍他的肩安慰他，阿朗和察猜分別照顧年紀較輕的隊友，小安年少腿短，跑得特別辛苦。

大家不自覺圍圈坐下來，感到身心俱疲，需要好好休息一會兒。

教練關上電筒，洞穴漆黑一片，大家開始靜下來，阿邁停了哭泣，跟大家一起靜坐冥想。

靜默中，大家開始聽到十三個人的自然呼吸聲音。

教練輕輕說：「記得我平日教你們如何打坐冥想吧，我們現在盤膝坐好，雙手放在膝蓋上，放鬆肩膊，閉上眼睛，自然呼吸。」

十二個少年隨即聽從教練指導，閉上眼睛，司善和阿杜在心裏默默數自己的呼吸，隨即放鬆和專注起來。

阿宋在黑暗中想像自己凝視鼻尖，同樣投入冥想的空間。

真奈有點害怕，也收拾心情冥想。

小安好掛住媽媽，閉上眼睛就看見媽媽的臉，好像媽媽陪伴他一起冥想似的。

阿來關心大家的安危，腦海滿是整隊人離開山洞的想像。

卡卡想起踢足球的汗水和快樂，表情放鬆下去，嘴

角浮現微笑的弧線。

　　阿欽有點疲累，差點在冥想時入睡。

　　阿朗還記得生日蛋糕的味道，他答應媽媽在晚飯前回家吃飯，閉上眼就看見媽媽等他回家吃飯的樣子。

　　察猜有點肚餓，但不敢說，整天想起媽媽煮的牛丸河粉和冬蔭功，四周彷彿飄來河粉的香氣。

　　阿邁比小安大一歲，倒比小安更易哭，感到有點不好意思。連小安都可以專注冥想，阿邁更要提醒自己活在當下。

　　沙治覺得心緒不寧，很難靜下去，只好按捺住不安情緒，慢慢細數自己的呼吸。

　　「我們開始冥想，無論大腦浮現哪種影像和想法，我們都不要理會，不必跟隨影像思考，也不必否定影像和想法，即使浮現昔日片段都不用理會。讓自己的心活在當下，要是感到心煩意亂，重新細數自己的呼吸，將專注力放回自己身上，以及內在世界。」教練語氣輕鬆

的指導隊員放鬆和專注。

小安放鬆雙肩，想起走入睡美人山洞的時候是如此開心，又想起不知逗留多久，教練不許他們數算時間，也不能看手機日期，總是要他們安靜。小安從來沒有離開媽媽那麼久，媽媽等他回家一定很生氣，說不定再見他的時候會責備他。小安想起感到害怕，隨即張開眼睛，看見無盡黑暗，哇一聲的哭起來。

教練認出是小安的聲音，溫和說：「小安，閉上眼睛細數自己的呼吸。」

小安再次閉上眼睛，發現不能一邊哭一邊數自己的呼吸，開始忘記哭泣，只管細數自己的呼吸，逐漸安靜下來。

阿來在黑暗中彷彿看見父母和自己擠在難民營，父母好瘦好瘦，他們總是將食物留給他吃，阿來整天感到飢餓，就像現在一樣，隨即提醒自己細數呼吸，制止自己回想下去。

阿朗想起他的生日蛋糕，他喜歡吃蛋糕，但很少機會吃，生日是開心的，十一個隊友和教練都來跟他慶祝生日，而且沙治知道他想來睡美人山洞探險，才提出一起前來。

　　如果不是他的生日，他們就不會被困，他感到困擾，覺得自己連累大家，無法繼續打坐，換了坐姿，慢慢看四周的黑暗，然後在黑暗中看見不同的人。

　　逗留在黑暗的山洞時間太長，阿朗的眼睛漸漸適應黑暗，開始看見近距離的人，尤其是穿淺色球衣的隊友，只見大家認真打坐，阿朗看了一陣子，重新盤起雙腳，默默數算自己的呼吸。

　　教練一直張開眼睛，他要守護十二個孩子，沒有閉目冥想。不知道坐了多久，教練輕輕說：「大家可以躺下繼續冥想，要是入睡，就好好睡覺吧。」

　　阿欽第一個躺下來，由走入山洞開始發生太多事，他感到異常疲倦，很快入睡。阿來將毛巾蓋在阿欽身

上，然後躺下，數到一二三已沉沉睡去。

沙治和阿邁先後入睡，阿朗記掛住餘下的少許生日蛋糕，原本是留給小虎的，幸好還有少許生日蛋糕和零食，大家在山洞才沒有捱餓。阿杜、阿宋和察猜都疲倦了，紛紛躺下睡覺。卡卡掛念母親，又怕母親責罵他，躺了好一會仍未入睡，只是閉上眼睛躺臥，感到從地上傳來的寒冷潮濕直透心肺。司善未有睡意，寧願繼續盤膝打坐。小安和真奈在打坐途中已然入睡，兩人就以坐姿睡覺。

教練聽到鼾聲此起彼落，拿出僅有的毛巾和外套，站起來巡視少年的情況。

教練由睡得最沉的阿欽和阿來開始，讓他們靠近睡覺，集中隊友的體溫以免他們着涼。然後將沙治、阿邁、阿朗、阿杜、阿宋和察猜移近一起，最後抱起坐在那兒的小安和真奈，讓他們躺下休息，聽見他們都發出均勻的呼吸聲，可見熟睡已久。

司善和卡卡還未睡覺，教練輕輕拍拍他們的肩，示意與他們同在，然後，教練在卡卡身旁休息，原本想等候全部隊員入睡才睡的，但實在太疲累，教練在不知不覺間進入夢鄉。

「寶寶，快起來，上學啦！」教練聽到媽媽的聲音，不想太快張開眼睛，以免發現那是一場美夢。

「寶寶，起來呀，弟弟已經起牀等你呀，你看你羞不羞？」媽媽笑説。

教練睜開雙眼，看見年輕漂亮的媽媽在笑，還俯身向前抱了抱他。

媽媽的身體柔軟温暖，輕抱他説：「哥哥快八歲了，快高長大呀，你還要賴牀讓媽媽抱嗎？」

教練抓了抓頭髮，笑説：「媽，我不要快高長大，我要永遠做你的寶寶。」

「傻寶寶，快起牀梳洗吃早餐。」媽媽笑説。

弟弟很喜歡上學讀書，早已穿上校服等候他。教練看見弟弟可愛的泡泡臉，上前抱他親他，然後趕快梳洗和穿校服，咬了幾口麵包，準備跟弟弟一起上學去。

「寶寶不用匆忙，還有時間。」媽媽說。

「爸爸還在睡覺嗎？」教練問。

「爸爸生病，他要休息，今日不落田。」媽媽說。

教練拖住弟弟胖胖的小手，跟他一起走在田邊的泥地，一邊走路一邊問弟弟：「昨天學了什麼？」

「加數呀，哥哥。」弟弟清脆響亮的聲音在他耳邊響起。

「五加八等於多少？」教練問。

弟弟隨即甩開他的手，停下腳步，不停數自己的手指計算。

「用心算的，不用數手指呀。」教練說。

「哥哥，你借五隻手指給我。」弟弟說，然後將右手摺起兩隻手指，數算自己的八隻手指，再數哥哥的

五隻手指，然後笑說：「八、九、十、十一、十二、十三，五加八是十三。」

「弟弟好聰明，差點跟哥哥一樣聰明。」教練說。

弟弟笑起來，蹦蹦跳跳跑到學校去，教練想再拖弟弟的手但拖不住。

「別跑！別跑！」教練大聲跟弟弟說。

「教練！教練！」阿來說。

教練彷彿聽到弟弟的聲音，但弟弟不會喚他教練的。教練張開眼睛，看見阿來和察猜焦慮的眼睛，剎那間不知身在何處。

「教練，你發惡夢嗎？」阿杜走近教練問。

啊，教練記起一切，知道自己沉醉在同一夢境。深深吸一口氣，坐直身子，在黑暗中隱約看見大家的身影，點齊人數後，說：「我剛才做夢，不過，我同時在提醒你們不能在山洞亂跑呀。」

「教練，我們肚餓和口乾呀。」察猜説。

「我們不知道要等候多久才可以走出山洞，你們吃少許乾糧好了。」教練説。

「教練，我們帶來的水飲光了，司善和察猜想飲洞內的水呀。」阿宋説。

「司善，不可以飲的。」教練連忙制止説：「再看看大家的水壺有沒有水，沒有的話，我們用水樽裝洞頂滴下來的冷凝水。」

「好麻煩啊，山洞到處水浸，就這樣飲水方便得多。」司善説。

「不可以，地上的水骯髒，飲骯髒水會生病的，你們要飲就只能飲洞頂滴下來的水。」教練説。

大家驀然明白要珍惜清水和食物，阿朗給教練蛋糕説：「教練，還有少許蛋糕給你吃的。」

「我不餓。」教練説罷，將餘下的蛋糕再細分成十二小塊，給隊員一人一小塊，大家即時吃掉。

阿來開始收集洞頂凝聚的水，讓一滴一滴的水滴入水瓶。其他成員開始跟他一起收集冷凝水，這刻才明白可以隨意飲用清水是多麼幸福的事，因為在洞內收集冷凝水並不容易。儘管山洞四周都是水，可惜，地下的水不能飲用，飲污水拉肚子就麻煩了。

「教練，我們在洞內那麼久，為什麼沒有人來救我們？」沙治問。

「大家耐心等候，一定會有人來救我們出去的。」教練說。

「教練，我怕黑，可以握住你的手嗎？」阿欽問。

「過來坐在我身旁，有教練在這兒，你什麼都不用怕。」教練在黑暗中向阿欽招手，沒多久感到一隻小手握住他的手，不禁想起弟弟，小時候，他最喜歡跟弟弟手拖手上學。

「教練，雖然剛剛吃掉蛋糕，但我還是好肚餓。」小宋說。

「教練，我都好肚餓呀。」司善附和。

教練為免他們說下去，連忙說：「我們開始靜坐，好好冥想，專注當下，我們不會感到飢餓的。」

大家知道食物有限，沒再說肚餓，開始安靜打坐。

「大家放鬆肩膊，放鬆心情，無論有任何意念在腦海都隨它，不回顧，不追隨，讓意念自由生滅，隨生隨滅，專注在自己的呼吸上。」教練輕輕說。

十二個少年很快安靜下來，教練在黑暗中逐一細看他們的坐姿，由於已經適應黑暗，看到的越來越多，憂慮也越來越多，他害怕任何一個成員倒下來，像弟弟當年那樣。

最可怕的事情都是毫無先兆的，起初是爸爸生病，然後是媽媽病倒，當他忙於照顧父母時，有天煮飯，沒有留意弟弟去了哪兒，待他煮好飯後，才發現弟弟躺在門外。

教練不敢跟爸媽說，只管將弟弟抱回他的牀，然後

到鄰居門外求助。鄰居大嬸看見他即時關門，喝罵：「走，快走，你們一家有傳染病。」

教練一邊流淚一邊四處叩門求助，但沒有人願意幫忙……

教練感到臉龐濕潤，才知自己早已淚流披臉，幸好沒有人知道。

十二個少年還在冥想，發出均勻的呼吸聲，有時還有從肚子傳來的咕咕聲，教練知道他們飢餓，但食物不足，只好用冥想靜坐減低能量消耗，從而減低對飲食的需求。

教練不願回顧當日情景，然而，每當他在山洞閉上眼睛，腦海就浮現那一天的情況，甚至嗅到當日煮飯的氣味，一切恍如昨天，儘管已經過了十多年。

飢餓的感覺從空空的胃傳來，教練很久沒有吃東西，那是他熟悉的飢餓感覺，童年有一大段日子是有一餐沒一餐的過，他有時以為會餓死。

疫症無聲無息來到村落，帶走不少村民，包括教練的父母和弟弟，原本一家四口的温暖家庭，只不過幾日光景，就剩下他一個人。

　　八歲的教練茫然面對蒼涼大地，頓覺天地之大，無處容身，最終由外婆接他回家裏照顧。然而，外婆家裏很窮，無法讓他上學，只好讓他交給阿姨。阿姨有三個孩子，他們不喜歡多一個男孩來爭食爭寵，總是將他的食物拿走。教練整天感到飢餓，不敢跟阿姨説，漸漸習慣將食物好好收藏，連一塊餅都要分幾天吃。

　　幸好世上沒有絕對悲慘的事，每朵烏雲背後都有陽光，烏雲並非全黑的，細心一看，自會看見烏雲四周的金光，稱為金環蝕。每件不愉快的事情背後仍有愉快一面，每次考驗都讓我們變成更強的人，正如烏雲背後仍有金光。

　　很少人習慣將食物分好收藏，彷彿只有教練如此。因為教練經歷過長時期捱餓的成長歲月，讓他變得異常

珍惜食物。足球隊成員為阿朗慶祝生日買了蛋糕和小食，教練早已將部分食物收好，以免他們太快吃光。

原來打算回家時給他們一人派一份，好讓他們拿回家跟家人分享，現在正好讓他們度過難關，如果完全沒有食物，教練無法想像他們怎樣捱下去。

教練在阿姨家裏住得好痛苦，村裏的人稱他為悲傷孤獨的小男孩，教練不知道父母和弟弟為何會消失，為何單獨留下他，他無法再度展開笑容。

「孤獨怪，你走吧！」阿姨的兒子總是説。

自從成為孤兒，教練已經習慣沉默，他一直沉默，沒有留意自己的表情總是悲傷孤獨。阿姨感到不妥，有天問他：「我們送你去寺院好嗎？你可以住在那兒，可以讀書寫字，你願意去嗎？」

「願意。」教練點頭説。

悲傷孤獨的小男孩就這樣住在寺院，每日吃得很

少，整天打坐，繼續他的悲傷孤獨。

整天打坐後，教練以為自己還在寺院，張開眼看見十二個少年或坐或臥地閉目冥想，不覺笑起來。就是這羣小野豬足球隊成員，讓教練由悲傷孤獨的小男孩變成快樂健康的男人。

由於外婆生病，教練離開寺院照顧外婆。他做不同的工作，掙錢不多，然後，他覺得人生最重要的事就是成立小野豬足球隊，他讓十三個窮困少年有課外活動，總是將自己省下來的錢買食物和文具給他們。

教練記得弟弟最後計算的算術是八加五等於十三，他要照顧十三個隊員，就像照顧自己的弟弟一樣。因為他們，教練開始微笑，然後傻笑和大笑。

無論年紀多大，男人心裏面永遠住了一個小男孩，教練很高興發現，原本住在心裏的小男孩已經由悲傷孤獨變得快樂和合羣。

第四章　十天搜救

四周的人都知道小野豬足球隊一行十三人困在睡美人山洞，但大雨下個不停，山洞出入口已遭大水淹蓋，村民只能在洞外祈求蒼天保佑，連營救的專業潛水人員都無功而還。

小虎不斷追問父母可有新消息，但大家都沒有辦法。小虎很掛念教練和隊友，心裏着急，但什麼都做不到，甚至不能接近山洞，只能追看相關新聞，並期望快點停雨。

小虎從新聞報道得知，有個住在附近的英國人主動向地區政府提出意見，他因為深愛洞穴潛水，搬到睡美人山洞附近居住，稍為熟悉洞內環境，但洞內水道太複雜，加上山洞太大，水道縱橫交錯，讓他知道沒有洞穴潛水專家和裝備是無法救人的。

專業潛水拯救人員潛進山洞水道，由於他們並不熟悉洞穴潛水，走進山洞後，發現洞內的水非常混濁，能見度極低，近乎看不見鼻尖前的水底情況，加上水流急湍，根本無法前進，遑論救人。

「你們一定要邀請外國專業人士一起營救的。」英國人聯絡官員說。

官員無意這樣做，漫應道：「我們有專業潛水員，不用求助的。」

「我有潛水教練牌多年後，才開始洞穴潛水，這是專門的潛水領域，沒有裝備和經驗，連潛水救人的都有危險。今日不但無法救人，連他們的位置都找不到，一般潛水員是無能為力的。」英國人說。

「我們可以。」官員說。

「你先問問曾經潛入洞內水道的拯救員，再作決定好了。」英國人說。

「你先回家，我們有需要再聯絡你。」官員說。

英國人駕車回家後，未待官員確定要求救，先聯絡他認識的英國潛水朋友，大家明白情況後，隨即準備前來幫忙。

電話響起，英國人以為是潛水朋友查核資料，沒料到是官員的聲音，輕輕說：「請幫我們找外國專家營救孩子。」

「好，我會請他們儘快前來的。」英國人說。

掛線後，英國人在電腦繪畫山洞地圖，洞內有四五公里地方，處處水道，他多次進內潛水，仍然沒有信心參與拯救行動，只能期望洞穴潛水專家能夠幫忙。

十三人失蹤第四日，潛水員再潛入洞穴救援，但很快遇上急流漩渦，連忙撤退。守在洞外的人不禁流露失望神情，察猜的媽媽忍不住哭起來，阿欽的父母連忙勸解：「別難過，我們要有信心，孩子們才會有信心的。」

「對啊，我們要有信心。」察猜的媽媽聽了，抹乾

眼淚説。

「司善最聽話的，他在洞內一定聽教練説話，他們一定無事的。」司善的媽媽説。

「我家阿宋都聽話的，他們會安心等候救援的。」阿宋的爸爸説，阿宋的媽媽附和：「我們要有信心，一定要有信心。」

大家互相打氣，四周民眾都拿食物給他們。個個心底裏都有點害怕，但説出來的話都是充滿信心的。

有消息指洞內道路迂迴曲折，少年可能跑到巴達雅海灘高地。

阿朗爸爸説：「我小時候去過那兒，安全的，阿朗會在安全地方等候，大家都會在那兒等候。」

「對，大家都安全的。」察猜媽媽拍拍心口説，好像自己安慰自己似的再重複一次説：「大家都會安全的。」

第五日，除了英國人請來的三名英國潛水專家外，

還有三十名美國專業人士前來幫忙,小野豬足球隊教練和成員已經失蹤五日,超過一百二十小時,大家都想快點找到十三個失蹤者。

山洞附近如常聚集許多人等候,包括焦慮的父母,關心他們的親友,以及想幫忙但不知怎樣幫忙的村民。

大家看見一批又一批外國精英到達,個個充滿期望,沒料到他們在洞內潛水不久就發現水淹嚴重,水位太高,連潛水員都有危險,只好全部撤退。

英國專家沒料到環境那樣惡劣,致電澳洲醫生求助,因為他既是醫生,又是資深的洞穴潛水員,希望他過來幫忙。澳洲醫生連忙訂機票前來,還帶來GPS定位追蹤器,希望有用。

大雨持續不斷,村民讓失蹤者父母在他們家裏避雨,但察猜的媽媽怎樣都不肯離開洞口,即使她穿上雨衣和打傘,下雨太久都令她渾身濕透。

小虎經過多日懇求,終於打動父母帶他來到山洞附

近，他看見隊員的媽媽任由雨水打在身上，不肯走去避雨，走到察猜媽媽身旁說：「姨姨，察猜說最愛吃媽媽煮的菜，你先回家休息吧。」

「察猜這樣說嗎？」察猜媽媽突然雙眼亮起來問。

「真的，他經常這樣說。」小虎拉了拉她的雨衣說：「姨姨，你先回家休息，以免生病。」

「嗯，我先回家睡覺，待察猜出來後，可以立即煮他最喜歡的冬蔭功和牛丸湯米，兩樣都是察猜最愛吃的。」

「對啊，叔叔和姨姨都回家休息，我們明日再來。」小虎說。

「小虎真乖，察猜回家後，你來我家吃飯，我煮椰子蟹給你吃。」

「好啊，姨姨。」小虎笑說。

第六日，大雨連綿不絕，搜救隊伍根本無法進入洞內潛水，大家都在想辦法。政府出動專機在空中查看山

洞情況，希望找到適合的位置，挖出通道救人，可惜找不到。

專家研究認為，抽出洞內的積水，方便走進洞內救人。然而，雨水沒完沒了，無論如何抽出洞內的積水，睡美人山洞的水還是洶湧，潛水人員無法進內救人。

察猜的媽媽開始感到絕望，沒有說話，只是默默流淚。阿朗的媽媽看在眼中，即使同樣傷痛，依然抖擻精神，走近察猜的媽媽身邊，輕拍她的手背說：「孩子沒有放棄，我們不能放棄的。」

察猜的媽媽抹去淚水說：「我沒有放棄，我不是哭泣，只是眼睛疲倦流出眼淚。」

阿朗的媽媽說：「我的眼睛同樣疲累，有時都有掉下眼淚清洗眼睛。不要緊的，我們要有信心，孩子沒有放棄，我們不能放棄的。」

察猜的媽媽握住她的手，點點頭說：「我不哭，我們都不要哭，我們就這樣等候孩子回家。」

第七日，山洞內環境欠佳，搜救完全沒有進展。

察覺的媽媽既憂傷又疲倦，在守候的時候暈倒。在場的醫護人員即時照顧她，再將她送到醫院去。官方派人慰問失蹤者親屬，大家知道搜救人員已經盡力，沒有任何要求，孩子的爸媽願意付出所有去換取孩子的生命，可惜無處交換。

第八日，連續多日的大雨終於稍稍停止，一直在等候行動的洞穴潛水專家紛紛出動，在污濁和狹窄的水道向前游，水中看不清楚，也不知道哪兒是高地，他們只管向前游，游到山洞深處。由於氧氣所限，他們必須及早潛回出口，始終無法找到失蹤者，儘管這是搜救以來游得最遠的。

第九日，小野豬足球隊成員連同教練十三人已經失蹤超過二百小時，等候他們的家人精神繃緊，心裏害怕他們遇上意外，就算沒有意外，九日沒有吃東西都可能餓死，大家都不敢多說什麼，連打氣說話也不說了。

潛水人員知道單憑一瓶氧氣無法潛到山洞深處，大家開始組織救援物資，將大量潛水氧氣樽運到山洞，好讓潛水員中途更換，以便潛水深入山洞。

洞穴潛水員努力潛到山洞不同位置找尋失蹤者，然而，除了某些地方看見曾經有人逗留的痕跡外，完全找不到失蹤者的下落。

小虎星期日不用上課，跟爸媽來到山洞附近等候。

「媽，假如我沒有回家溫習，這時候還在洞穴，你會責罵我嗎？」小虎低聲説。

「不會。無論怎樣，媽媽都是愛你的。」媽媽説。

「我好怕見不到他們啊。」

「別怕，他們一定無事的。」小虎爸爸説。

「他們不是頑皮，阿朗生日，他們想去特別的地方為他慶祝，讓他有個難忘的生日會而已。」小虎説。

「我知道。」小虎媽媽説：「你們並非頑皮，沒有人怪責他們啊，他們平安就好了。」

小虎向山洞方向大喊：「你們要平安呀，小野豬足球隊要繼續練波的。」

山洞沒有回音，小虎的情緒跌到谷底。

第十日，失蹤者失去聯絡接近二百四十小時，失蹤越久，能夠平安回來的可能越低。不過，搜救隊伍依然打醒精神，以最佳狀態潛入山洞水道搜尋失蹤者。

兩個由英國前來的洞穴潛水專家幾經辛苦潛到芭達雅海灘，看見沒有人，心裏感到異常失望。他們打算離開山洞，查看氧氣樽時，發現仍可用一段時間，足夠讓他們多潛幾百米才折返。幸好，還可以多游幾百米。

兩人交換眼神，一齊再潛入水中，向前再游四百米左右，然後在洞穴浮出水面。

浮上水面後，他們驀然有異樣感覺，彷彿站在舞台中央，四周有無數觀眾看着他們。

潛水員連忙用電筒查看，發現十三雙眼睛定定望着他們，十三對睜得大大的眼睛，就這樣默默盯着他們。

✦ 第五章　希望 ✦

山洞非常寧靜，只有風聲和水聲。大家只聽到呼呼的風聲，洶湧的水道流水聲，以及洞頂和石壁的冷凝水的滴水聲音。除此以外，偶爾還傳來孩子飢餓的聲音，肚子咕嚕咕嚕地響。

為了保持健康和儲存能量，除了睡覺和收集冷凝水外，十二個少年都聽從教練指示靜坐，沉默等待。

全部人很少說話，因為不說話就不用思考說話內容，不必動用能量去活動和說話，十三個人靜靜坐在一角打坐冥想，靜觀內心。

即使十三人聚集在芭達雅海灘高地，洞內依然一片寧靜。

因為沒有白天和夜晚的分別，沒有一日三餐，為了節省電力，沒有人再看手機和電筒，所以，大部分隊員

已經忘記在山洞多久，只有教練默默記得是第四日。

阿朗的生日蛋糕早已吃光，只餘下少許零食，換句話說，他們只有很少很少食物，不夠分給十三個人一餐食用。

阿邁走到山洞遠處小便，回來時不小心跌倒，先前受傷的部分再度受傷，他只好坐在那兒默默流淚，感到又餓又冷，有種恐怖的意念湧上心頭，總是他跌倒和受傷的，他不知道自己能否走出山洞。

隊員還在靜坐，教練在黑暗中點算人數，數來數去都少一個人，只好慢慢站起來尋找。由於很久沒有吃東西，教練身體開始虛弱，甚至有點手軟腳軟，站直後，深深吸一口氣，然後飲幾口今日收集到的冷凝水，山洞的冷凝水冰涼如雪，教練打了一個寒顫，站定好一會，才憑聽力追尋微弱的聲音來源，慢慢走近阿邁。

「阿邁，有沒有受傷？」教練近距離看清楚是阿邁後，低聲問。

「先前受傷的部位流血，覺得雙腿瘦軟，剛才跌倒，不想再站起來了。」阿邁有氣無力説。

「不要緊，我們在這兒坐一會。」教練在阿邁身旁坐下來，只覺地上泥土濕潤，水氣從地上直透全身，不覺顫抖起來。

「教練，我們可以離開嗎？抑或有些人可以離開？有些不可以呢？」阿邁顫慄問，連聲音都有點顫抖。

「我們全部人都可以離開。」教練語氣堅定地説：「你們別自己嚇自己，很快就有人前來救我們的。」

「我好害怕，又好肚餓，好肚餓啊，快餓死了。」阿邁喃喃自語似的説。

「不會餓死的。」教練笑説：「我們還有食物，很快有人來救我們，可以回家吃飯的。」

「我好想食媽媽煮的湯粉啊。」阿邁説。

「有魚露嗎？」教練問。

「有，還有芽菜和肉丸，媽媽煮的特別美味。」阿

邁笑説，想起一碗熱騰騰的肉丸湯粉，心裏充滿喜悦。

「到時請我吃一碗，不過，我茹素，不要肉丸。」教練笑説。

「我叫媽媽煮豆腐湯粉，一樣美味的。」阿邁説。

「我最喜歡吃的，到時一定去你的家吃湯粉。」教練説。

阿邁問：「不過，我怕我們無法出去。我們已經越跑越入山洞裏面，只要下雨不停，説不定最終會淹死我們。」

「你忘記我們會跑嗎？」教練笑説：「再有大水湧來，我們再跑。」

「教練，我們不懂游泳，最終都會淹死的。」阿邁幽幽説。

「別再説了。」教練説：「我們一起回去，繼續打坐冥想。」

「教練，你冥想的時候看見什麼？」

「有時什麼都看不見，有時看見許多事情，有時看見喜歡的東西，有時看見害怕的東西。」教練輕輕説：「我們只能任由意念隨生隨滅，不抑壓，不追隨。」

「教練，以前跟你練習冥想，我在心裏看見各式各樣的東西。自從在山洞冥想以後，我只看見我有許多功課還未做完。」阿邁説。

教練忍不住笑起來，説：「阿邁有責任心啊，遲點回家將功課做完就是。」

「以前好討厭做功課，現在可以做功課就好了。」阿邁無奈道。

「你説的，回家後，逐樣功課做好，以後不要埋怨多功課呀。」教練説。

「教練，我的腿還有點軟。」阿邁説。

「要我背你回去嗎？」教練問。

「不，」阿邁即時説：「教練你沒有吃東西，我想知道你的腿瘦軟嗎？」

「我的腿都會瘓軟的，多飲水，多休息就可以。」
教練繼而説：「來，我背你回去。」

「讓我伸展一下。」阿邁説：「我是小野豬前鋒，
雙腿瘓軟一陣子就沒事了。」

教練跟阿邁活動手腳好一會，然後走回大家聚集的
地方，只見阿欽和沙治已經躺在地上睡覺，還有九個隊
員坐直腰身冥想。

察猜知道教練離開又回來，心裏想問可否吃點東
西，但不敢問，又沒有氣力冥想，也就躺在地上休息。

阿來悄悄走上前，低聲問教練：「大家很久沒有吃
東西，可以吃一點點嗎？」

教練知道餘下食物不多，但不知道還要撐多少日，
輕輕説：「遲點再分派食物，你回去打坐吧。」

「教練，我想説不夠食物的話，我可以不吃的。」
阿來説。

「別説傻話。」教練説。

「他們有父母等他們回家，但我的父母在難民營，我住在教堂，而且我習慣吃很少，你先讓他們吃吧。」阿來說。

坐在附近的真奈聽到他們說話，湊近說：「教練，我可以不吃的。」

「人人都要吃一點。」教練說。

「媽媽不在我身邊，我就算死了，也沒有人會傷心的。」真奈說。

「你們別再這樣說，你們有什麼事，教練都會傷心的，難道教練不是人嗎？」教練說。

真奈平日很少說話，這時候，覺得再不說的話，可能永遠不會說出來，深深吸一口氣說：「哥哥在我五歲的時候走了，媽媽說他上了天堂，我可以上天堂陪伴哥哥。」

「教練就是真奈的大哥哥，你留在我身邊，陪伴教練好了。」教練說。

「真的，我可以不吃。」真奈強調。

「別說了，快去打坐。」教練壓低聲音對真奈說，但個個少年都聽到他們的對話。

「教練，我不餓。」沙治說。

「教練，你讓他們先吃，小安年紀最細，阿欽連日來不舒服，你讓他們先吃，我可以等。」察猜說。

「你們不聽我說嗎？你們答應聽我指示，我才帶你們來山洞的，你們忘記嗎？」教練正色說：「由現在開始，大家專心打坐，教練自會安排食物，我們十三個人走進山洞就要十三個人一起出去。」

「教練，沒有人會來教我們的。」阿杜說。

「有，肯定有人會來救我們的，我們要有信心。」教練說。

終日連場大雨，洞內四周更是潮濕，他們身上的衣物早已濕透，令人感到寒冷，阿來發現躺在地上的阿欽在打顫，除毛巾外，將背包的東西倒出來，把背包放在

他身上，希望他感到溫暖和睡得安穩。

教練說：「無論你們盤膝而坐，或是躺在地上。冥想重點在我們的大腦，不在姿勢，要睡覺的就睡覺，沒有睡意的開始留意放鬆肩膀，將呼吸帶到自己的肚臍下一吋左右的位置，想像有股暖流從那兒開始流動，讓我們的身體溫暖起來，然後，想像暖流流遍全身。我們都是安全的，我們都是溫暖的。」

教練在黑暗中張大眼睛，看見隊員或坐或躺，紛紛進入冥想世界。他要盡量延長分派食物的時間，希望救援人員及早找到他們。

教練由吃過阿朗的生日蛋糕開始，至今沒有吃任何東西。他將自己帶備的葡萄乾都拿出來給隊員吃。對他來說，小野豬足球隊成員就是他最親的人，他們是他的弟弟，以及他的孩子。沒有小野豬的話，教練相信自己只會由悲傷孤獨的小男孩變成孤單悲哀的男人，而非現今開朗活潑的他。

教練專注打坐，感到暖流從丹田開始流到全身，彷彿看見弟弟向他招手，然後看見爸爸和媽媽都在那兒等候他，那兒陽光明媚溫暖明亮，跟陰暗潮濕的山洞有天壤之別。然而，他不願留下十二個孩子，他要照顧他們，他要留守在山洞。

　　感到自身溫暖以後，教練走到每個隊員背後，搓熱掌心，將掌心的熱力從後按在孩子的頭上和臉上。

　　阿欽在睡夢中流淚，教練為他抹去淚水，然後將身上的外套脫下來，連同阿來的背包和毛巾放在他的身上。現在沒有藥物，教練要確保孩子不生病。

　　靜坐和睡覺讓大家盡量減少消耗能量，但沒有吃東西太久，始終會肚餓的。

　　第五日，教練打開一包薯片，薯片的香氣在山洞流轉，十二個少年拚命吸氣，期望吸入更多薯片香氣。

　　「今日飲了足夠的水沒有？」教練問。

　　「飲許多水啦，多到要小便幾次。」阿朗說。

幾個少年笑起來，阿宋說：「我都去了一次小便，但太久沒有吃東西，沒有便便。」

「你就是整天說大便和小便的。」卡卡說。

「你知道有個球員卡卡，在歐洲語言可以解作大便嗎？」阿宋說。

「誰說的！」卡卡生氣道。

「別吵！」教練說：「吵架消耗能量，你們再吵就去靜坐，別吃薯片了。」

大家即時靜下來。

「現在開始拿薯片，很抱歉，只能夠一人一塊。」教練將一包薯片遞給卡卡，低聲說。

阿來笑說：「一塊夠了，我們都足夠，教練你都食一塊啦。」

教練微微一笑，他連一塊薯片都不吃，將全部食物留給十二個少年。

全部少年拿起薄薄的薯片，不約而同以一隻手拿薯

片吃，另一隻手放在嘴下，生怕掉下薯片碎。平日一秒鐘食一塊薯片的，現在不捨得將薯片太快放入口裏，個個少年都好慢好慢的享受這塊薯片的味道，好像在吃世上最貴重的食物。

山洞裏有無窮無盡的時間，但享受美食的時間總是那麼短暫，教練盤膝而坐，靜靜等候孩子吃罷今日唯一的一餐。

他們沒有想過吃一點食物都有如此大的滿足感，沙治想起媽媽不時罵他浪費食物，吃飯時將飯粒都掉到地上去，他都沒有撿起來再吃，最後是媽媽撿起來吃，然後罵他不懂珍惜食物。

沙治現在明白食物珍貴，他好想回家跟媽媽説，他以後會珍惜每一粒飯，要是有一粒飯掉到地上去，他一定會撿回來吃掉，不會浪費。

阿欽感到有點熱，吃罷薯片，繼續昏昏沉沉睡去。

阿杜在舔自己的手指，問察猜：「讓我舔你的手指

好嗎？還有薯片香味啊。」

察猜推開他說：「你走開啦。」

阿杜笑說：「你好吝嗇。」

教練和幾個隊友笑起來，大家開始飲冷凝水。

阿來悄悄走到教練身旁，將餘下的半包薯片交還教練，讓教練好好收藏，然後，阿來給教練半塊薯片說：「教練，我知道你沒有吃東西，這是我的用手分開的半塊，你吃吧。」

教練呆了幾秒，知道推卻會令阿來失望，只好慢慢咀嚼半片薯片，讓全部人知道他有吃東西的。

異常珍貴的進食時間終於過去了，大家回復打坐姿勢，只有阿欽還躺在地上。

阿來知道他發熱，用手帕敷在他的額上，希望可以助他退熱。

「我們繼續打坐。」教練輕輕說。

卡卡閉上眼睛，腦海突然浮現一件事，令他大喊：

「不要,停手呀!」

全部人即時張開眼睛,連躺在地上休息的阿欽都望向卡卡,教練輕輕問:「卡卡,沒什麼事吧!」

「沒有,我在冥想的時候,看見同學被人欺凌。」卡卡説。

「嗯,你可以喝止欺凌的人,大喊過去要他們停手。」教練説。

卡卡哭起來,説:「沒有,我在現實沒有喝停他們,甚至不敢告訴老師。」

「那都是已經過去的事了,你為什麼難過呢?」教練説。

「教練,我好後悔,那個同學被欺凌得好慘,後來退學了。」卡卡的聲音有點沙啞,緩緩道:「我好後悔。」

阿杜説:「教練,這幾日冥想,我都看見我好後悔的事啊。」

教練説：「你有什麼事後悔呢？」

「上一次體育堂有人放屁，大家都在取笑我旁邊的同學……」阿杜還未説完，卡卡已經接口説：「啊，原來是你放屁。」

全班人笑起來，躺在地上的阿欽笑到有點氣喘。

小安説：「難怪山洞整天有臭屁味，原來是阿杜放的。」

「沒有呀，不是我。」阿杜連忙説。

「你們別取笑阿杜呀。」教練説。

「笑到沒有氣力，我要躺一躺啊。」察猜説。

「大家躺下來休息吧，可以睡覺的就睡覺，未能入睡的都安靜地閉上眼睛，放空精神，讓身體休息。」教練説。

卡卡躺在地上問：「如果我在腦海再見到同學被人欺凌那天的情況，我應該怎樣做？」

「卡卡，那一天已經過去。我們大可任由腦海映像

前來和離去，不必理會。」教練説。

「但是，」卡卡遲延説：「我的心覺得不舒服，如果當日夠勇氣喊停就好了。」

「卡卡，我們不能改變過去的事，只能夠做個更好的人。」教練説：「我們離開山洞後，要是你在學校看見同學被人欺凌，你就大喝一聲，要求他們停止。」

「可以跟老師説嗎？」察猜問。

「可以。」教練溫和説。

「我明白了。」阿杜説：「下次我放屁的話，我會承認是我放的，不會任由同學被人誤會。」

其他少年輕輕笑起來，由於精力不足，大家連笑聲都微弱起來。

「很好，大家休息一會。」教練説。

聽到隊員均勻的呼吸聲後，教練安心下來，開始點算食物。他手上還有剛才剩下的半包薯片、半包葡萄乾、幾塊餅乾和一包蝦片，別説十二個少年，就算是一

個少年都可以即時將所有食物吃掉。

教練想起經常捱餓的童年，自從父母和弟弟因疫症病逝，他就變成一個多餘的孩子，沒有親戚樂意接收他，就算在外婆和阿姨的家暫住，他們總是有意無意讓他捱餓。

教練緩緩閉上眼睛，看見童年的自己整天憂憂愁愁過活。然後，阿姨在他十一歲的時候，將他送到寺院去，他很快習慣寺院的清淡食物，有時一日一餐，跟隨傳統過午不食。

教練看見許多僧人過午不食都活到晚年，知道每個人需要的食物不多，只要穩定內心，就可以安然面對困難，他就是這樣成長的。

組成小野豬足球隊後，教練就像從人生陰暗角落走到陽光普照的地方，每日都有新的挑戰和希望。他記得知道阿來考全級第一的當兒，他比自己考第一還要高興，連忙買個新筆盒送給他。

教練在打坐時泛起微笑，他好愛這羣孩子，願意盡力守護他們，直至孩子一一長大。

　　在寧靜的山洞裏，教練細心聆聽水聲的變化，希望聽到救援人員從水中潛上來的聲音。可惜沒有，一次都沒有。

　　第六日如常度過，教練給一人兩粒葡萄乾。

　　「教練，我們會餓死嗎？」阿邁問。

　　「不會，我還要去你的家，一起吃你媽媽煮的湯粉。」教練說。

　　「我們是否沒有食物？」阿朗問。

　　「嗯，食物很少，不過，還可以支撐一段日子。」教練說，他深信很少食物都足以支撐到搜救人員來救他們出山洞的。

　　「教練，你教我們不要說謊，但你說謊啊，我們沒有食物就會餓死啦。」察猜說。

　　「也許你們還未學過這樣的醫學常識，你們知道

嗎？一個人要餓死並非那麼容易。」教練溫和說：「我們不飲水的話，三日就會倒下。不過，只要有足夠的清水，一個人就算不吃東西，只喝水，都可以生活一段很長的日子。」

「有多長？」沙治問。

「視乎年齡和體質而定，以我們小野豬隊員為例，不吃東西一個月都沒有問題。」教練說。

「不可能吧。」卡卡說。

「真的。」阿來答道：「我看新聞見過，就算不吃東西，都可以活很久的。」

「媽媽說一日要食三餐啊。」察猜說。

「你的媽媽是對的，不過，我們僧人有過午不食的傳統，有些僧侶大半生都是吃一餐早飯，過了下午一時就什麼都不吃，一樣活到八九十歲。」教練說。

「真的？」阿杜問：「教練哄騙我們嗎？」

「教練不會騙人的。」阿來說。

「我們吃過一餐後，還要大量飲水和打坐。」教練平靜地說。

　　「教練，」卡卡低聲說：「我現在沒有大便，只有小便，正常嗎？」

　　「正常呀。」教練連忙說。

　　「教練，我好像手機無電一樣，沒有氣力了，正常嗎？」沙治問。

　　「正常呀。」教練認真回答。

　　「我有時覺得好凍，有時覺得好熱，正常嗎？」阿杜問。

　　「正常。」教練說。

　　「我總在睡覺中感到肚餓而醒轉過來，正常嗎？」察猜問。

　　「正常。」教練說。

　　「教練，你全部說正常，那麼，有什麼事情是不正常？」小安問。

「如果覺得好飽，或者有許多大便，甚至感到躺在地上睡覺溫暖舒適，就是不正常。」教練微笑道。

少年笑起來，隨即發現笑要許多能量，就像將手機轉到極度省電模式一樣，只能在內心輕輕一笑，然後，各自安坐冥想。

十二個少年日漸明白安靜冥想能夠減低肚餓的感覺，可以好好睡覺更加不用吃東西，有時在夢中還可以吃到美味的食物，不願醒來。

教練搓熱雙手逐一給孩子溫熱，走到阿杜身旁的時候，剛好聽到阿杜的夢囈：「好黑，我好驚呀。」

教練輕按阿杜的肩膊，給夢中的他更多安全感，讓他安靜下來，繼續沉睡。

躺在附近的阿宋低聲問：「為什麼不可以一直亮電筒呢？」

「電源有限，我們久不久要向遠方亮電筒，好讓救援人員知道我們的位置。」教練說。

阿宋説：「我們亮了那麼久，從來沒有人來救我們，不如算了，開了電筒，好讓大家過得光明一點。」

　　「我們要有信心，救援人員一直在尋找我們，久不久要向遠方亮電筒呀。」教練温和道。

　　「如果等到全部電筒都沒有電，依然沒有人來救我們呢？」阿宋問。

　　「我們要……」

　　「知道了，我們要有信心。」阿宋苦笑説。

　　教練輕撫阿宋的頭，示意他答對了。沒有再説話，繼續搓熱自己的手心，給其他孩子一點温暖。

　　走到阿欽身旁時，教練蹲下來，看見阿欽躺在那兒默默流淚，輕輕在他的耳邊説：「不要害怕，教練帶你們入來，一定可以帶你們出去的。」

　　「教練，我好病。」阿欽説。

　　「人人都會生病，生病是平常。」教練輕輕説。

　　「我會死的。」阿欽有氣無力道。

「不會。」教練說。

「你幫我告訴媽媽，我在牀邊有個舊的筆盒，入面有許多零錢，我經常數的，但我現在忘記有多少錢了。你可不可以幫我告訴我媽媽，那些錢是用來買生日禮物給她的。」阿欽邊哭邊說。

「等你回家後，我陪你去買生日禮物送給媽媽。」教練說。

「教練，你騙人的，我會死在這兒，我們都會死在這兒。」阿欽說：「或者，你是大人，只有你可以離開，你幫我告訴媽媽，我好掛念她。」

一直照顧阿欽的阿來在他身旁打坐，聽到他這樣說，按捺不住，開聲道：「阿欽，教練從來沒有騙過我們。他說我考第一就送我新筆盒，我考第一，教練就送我新筆盒。阿欽，你記得嗎？你的短褲破了洞，教練說送新的給你，他真是送你短褲啊，教練從來沒有騙你，從來沒有騙我們。」

「教練，我們可以出去嗎？」阿欽問。

「可以，一定可以。」教練語氣堅定説，附近的少年聽到，心裏的恐懼都減輕了。

「快睡覺，我們要等待救援人員來到呀。」阿來對阿欽説。

「教練，我好害怕，我們可以更有勇氣嗎？」司善知道教練走近時問。

「你們每一個都做得很好，不要怕，我們一起面對。」教練搓熱掌心，輕按司善的頭説。

「教練……」察猜正要説些什麼，已被教練的聲音截住。

「大家別再説話，説話要思考，用許多能量。」教練輕輕説：「我們將專注力帶回呼吸，一呼一吸，慢呼慢吸，大家都好有勇氣，個個都做得好好。我們專注呼吸就可以，慢慢呼氣，慢慢吸氣。」

大家在均勻的呼吸聲中回到冥想狀態，消耗能量最

少，精神最易集中。

時間悄然無聲地逝去，當最後一顆葡萄乾都吃掉以後，教練悄悄開手機看看日子，知道他們在山洞九日，他的心有一下子動搖，萬一沒有人找到他們，在完全沒有食物的情況下，十二個孩子捱得多久呢？

看見阿欽越來越虛弱，教練心痛不已。

沙治的身體也轉差了，躺卧的時間越來越多。

阿杜是可見的消瘦下來，他變得沉默，彷彿再沒有氣力説話。

卡卡昨晚發噩夢，還在喊停手，教練知道他仍未放下當日的事情。

察猜的精神不錯，但睡覺的時間也增加了。

阿邁有時躲在一角哭泣，以為沒有人知道。事實是聽到他哭泣聲的並不少，只是沒有人説出來。

阿朗保持長期靜坐，他的精神看來是最好的。

最健康的是阿來，他經常幫忙照顧較年幼的隊員，

教練默默感謝他。

　　小安的名字跟年紀有關，因為他年紀最小，大家叫他小安。教練原本憂慮他會情緒失控，幸好他一直跟隨教練說話靜坐冥想，情緒反而最是穩定。

　　小安最愛吃的，起初還會嚷嚷肚餓，後來也沉默了。教練知道阿邁靜靜給小安一粒葡萄乾，阿邁寧願自己捱餓，仍想小安多吃一點。小安比其他隊友瘦小，已經有點撐不住似的，整天躺在地上不願郁動。

　　真奈從來是沉默的孩子，一班人之中，最容易忽略他。教練知道他和阿來一樣是難民身分，父母不在身邊，寄居在親戚家中，特別留意他，但保持不經意的模樣。真奈在這九日很少說話，幸好健康情況不錯，還幫忙照顧年紀較小的小安。

　　司善原本最活潑好動，大概到第八日沉靜下來。他像阿欽那樣發熱，教練恨不得變出退燒藥物給他們，但他什麼藥物都沒有，只好用毛巾為他敷額，希望身體可

以自己降溫。

教練知道自己沒有多少氣力，惟有努力打坐和飲水，希望保持健康，以便照顧孩子。他想搓熱雙手給孩子溫暖，但覺雙手怎樣搓都沒有熱力，決定先在地上躺一會。

不知道睡了多久，教練在半睡半醒之間聽到奇異的聲音，他將耳朵貼在地上，清楚聽到奇怪的水聲，並非急流或漩渦，而是有人游水的聲音，連忙坐直身體。

「你們聽到嗎？」教練問。

「沒有啊。」阿來答。

「有人來救我們啊。」教練說。

「真的？」很久沒有說話的阿邁突然說。

「真的，聽聽。」教練說。

十三個人走到水道旁邊，連一直躺臥的阿欽、小安和司善都走過來，十三個人十三雙眼睛盯着水面，然後，他們看見一個潛水員浮上來，繼而是另一個潛水員

浮上來。

潛水員的頭露出水面,看見他們,臉上露出驚喜表情,脫去氧氣罩後,以英語問:「你們有幾多人?」

潛水員說的英語只有阿來明白,他一直在教堂跟神父學習英語,這時候,阿來站出來回答:「十三人。」

「太好了。」潛水員笑說,另一潛水員也笑起來。

「我們什麼時候可以出去?」阿來問。

「今日不成,現在只有我們,而且要潛水。不過,我們會回來的,OK?很多人會來救你們的,我們只是第一批。」

「吃,吃,吃,告訴大家我們都很肚餓。」

由於氧氣樽的氧氣不斷下跌,潛水員要儘快離開,只好說:「我們會帶食物回來的。」

潛水員戴回面罩,雙雙以最快速度潛入水裏,然後在十三對眼睛的凝視下消失。

「阿來,你們說什麼?」沙治問。

「他們説會回來救我們，但不是今日。」阿來説。

「有食物嗎？」小安問。

「我説了三次，他們説會帶食物回來的。」

大家圍着教練興奮歡呼，阿欽再度躺在地上，弱弱一問：「不知道我能否等到？」

「一定可以，我們要有信心啊。」幾個少年模仿教練的語氣齊聲説。

✦ 第六章 四公里生死一線 ✦

全球主流傳媒都報道這宗新聞，小野豬足球隊十二名成員和教練被困山洞十日後，兩個英國前來的洞穴潛水專家終於為大家帶來好消息，他們找到十三人在洞穴的位置，並且確認全部人平安無恙，不少傳媒工作者報道這天是大奇跡日。

小虎激動得抱住爸媽哭泣，連日來覺得胸口被大石壓住，聽到消息終於鬆一口氣。

小虎感到那種快樂跟平日吃喝玩樂帶來的快樂不同，不會大笑，只覺內心愉悅，開心得不知道説什麼才好，乾脆什麼都不説，牢牢抱住爸媽好了。

他的父母同樣高興得不得了，一家人就這樣笑作一團，小虎爸爸説：「我們吃豬排慶祝大奇跡日。」

小虎笑説：「我舉腳贊成，我代其他足球小將舉腳

贊成。」

「他們出來後，再請他們來我們家食豬排。」小虎媽媽説。

旁觀者開心得不得了，被困少年的家長更加興奮得不知所措，第一個感覺都如小虎一樣放下心頭大石，如釋重負，原本繃緊的臉容開始放鬆，整整十日愁眉苦臉，這刻終於可以換作笑臉。

大奇跡日，無數人在山洞外放下的無形的心頭大石，慶幸心底裏最害怕的事情沒有出現，有些人還開心得手舞足蹈。大家好像被鎖在囚牢多日，今日終於可以解開鐵鏈，心靈自由了。

人人以興奮心情期待十三個人被救出來，就在最開心的時刻，聽到官方宣布環境惡劣，目前不能將十三人救出山洞，甚至不知道哪一天可以，他們也許要長期留在洞穴。

興奮的心情還未過去，就如在雲端開心跳舞的時

候，一不留神踏空，從快樂的天國掉回人間，心情大上大落，比乘坐過山車感到更大的離心力。

洞穴潛水專家不斷將物資帶入洞穴，正職是醫生的澳洲潛水專家更為被困的十三人檢查身體，欣然確認他們只是擦傷和捱餓，健康沒有大問題。醫生讓身體不適的少年服藥，給他保暖防潮的物品，然後對外公布十三人全部平安，讓等候的家長和羣眾安心起來，即使未知他們哪天可以離開山洞。

十三人困在洞穴第十二日，有些外國潛水專家已回國，更多自信有助救出少年的外國專家前來。由於被困少年逗留的地方距離出入口約四公里，加上全部少年都不懂潛水，甚至不懂游水，救援專家不能給他們潛水裝備帶他們潛水出來，只好尋求其他可行方法。

如果山洞像他們走進去那天那樣乾燥，他們就能夠自行徒步出來。所以，在潛水專家研究水路的同時，救援團隊不分晝夜抽出山洞的水，希望營救路線更清晰和

易走。

洞內的水是大量額外的污水，無法引流到遠處，只能直接淹蓋農田。農夫耕耘多月，快到收成期，但無法等到收成，只能目睹農作物一一被山洞的水淹死。

多方面願意賠償農夫損失，但不同的農夫面對傳媒都是笑笑口說：「農作物壞死不要緊，再種就是，只要孩子平安就好了。」

家長和傳媒不斷查問如何救出山洞的人，政府發言人只好在媒體公布：「由於氣象預報顯示，預計未來幾天降雨量更多，山洞內的水不會減少，困在洞裏的人一定要潛水出來，所以，我們會派專家潛入山洞，教少年學習游水和潛水，讓他們好好練習使用潛水裝備和氧氣樽。」

各地潛水員看見這樣的消息，紛紛感到難以置信。

為阻止政府實行計劃，不少洞穴潛水員提出反對意見，最直接的是：「不可能！」

「學游水和潛水都不容易，困在洞穴的少年怎可能一下子學會？」

「洞穴潛水是難度最高的潛水，洞內水道或闊或窄，連資深潛水員都易生意外，何況是不懂游水的初學者？」

「真是瘋狂想法，救人不成反變殺人呀。」

在潛水專家百分百反對聲音下，小虎問爸爸：「他們不能潛水出來，怎麼辦？」

「大人會再想辦法的。」小虎爸爸說。

「為什麼沒有人贊成呢？」小虎問。

小虎媽媽走過來，輕抱他的肩膀說：「如果你在山洞，你可以三日學識游水和潛水嗎？」

「不知道，可能學識的。」小虎充滿自信說。

「你像你媽媽那樣過度自信，她常說參加選美的話，一定可以拿到冠軍的。」小虎爸爸說。

小虎看了看媽媽一眼，忍不住笑起來。

「我跟你説笑呀，你這樣跟兒子笑我。」小虎媽媽臉紅起來，隨即向丈夫嗔道。

「你説得跟小虎自信三日學識潛水一樣認真呀。」小虎爸爸説。

「明白了。」小虎突然説。

「明白什麼？」小虎爸爸問。

「明白並非人人可以潛水，就算可以潛水，都沒有速成的。」小虎看看媽媽，笑説：「正如並非人人可以參加選美啊⋯⋯」最後一字以震音説出，尾音越拖越長，分明跟媽媽開玩笑。

「你⋯⋯」小虎媽媽正要發脾氣，小虎爸爸拉着她低聲説：「難得孩子活潑，你想想在山洞附近等候的家長。」

小虎媽媽原本想責罵小虎，驀然靜了下來，然後抱住小虎，不再説話。

第十三日，小虎在學校聽到老師講及雨季快將來

到，小虎舉手問：「山洞的水會越來越多嗎？」

「會。」老師説：「所以，無論人力如何用抽水機將山洞的水抽出來，只要雨季來到，一切都是徒勞。」

所有學生都一臉愕然，小虎鄰座的學生舉手問：「老師，他們會在山洞淹死嗎？」

「希望不會。」老師説：「據説他們跑到高處等候救援，然而，要是水位不斷上升，就會淹沒他們現在逗留的地方。」

有個女生伏在桌上哭起來，老師連忙説：「大家別緊張，全世界的潛水精英都趕來救人，他們會在雨季前救出洞穴的人。」

「全世界的精英會收費嗎？」一個梳孖辮的女生舉手問。

「不收費。」老師説。

「爸爸説工作不收費會餓死呀。」坐在最前一行的學生説。

「下次説話要先舉手呀。」老師説：「工作要收工資，正如老師教學要收費的。不過，全球潛水精英來救人，行善是無價的。他們自費機票食宿前來，甚至帶同最先進的儀器，就是要救人，不是為了賺錢。」

「他們怎樣救？」坐在最前一行的學生舉手問。

「暫時未有定案，如果被困者識潛水，大家已經出來了。」老師説。

「教練和隊友都不懂潛水和游水，專家又説不能即時教曉他們，怎樣救呢？」小虎問。

「留待專家解決這些難題吧。」老師説：「傳媒報道即使艱難和危險，大家都決定儘快營救。」

「有其他方法嗎？」同學舉手問。

「有，即使不知道是否可行，許多人都嘗試用其他方法救人。比方説，有些採摘燕窩的人熟悉睡美人山，他們決定上山找尋其他出口。」老師説：「他們留在距離出入口約四公里，如果找到比較近的出口，或可幫助

營救。」

「我們想幫手，可以做什麼？」小虎舉手問。

「嗯，你們可以好好讀書，將來做個有用的人就是。」老師説：「別為好奇走去山洞看熱鬧，你們不要增加救援人員負擔已是幫忙。」

小虎想起前幾日在山洞附近跌倒，即時有人扶起他，還細心為他清洗傷口。聽罷老師的説話，漸漸明白傳媒公布十三人平安無恙後，爸媽堅持要他留在家中等候消息，原來不妨礙救援已是幫忙。

第十四日，小虎如常上學，下課後留在學校問老師山洞的最新消息，其他同學都要回家，不能留下來，因為他是小野豬隊員，老師才讓他留下來等消息。

老師上網查看全世界的新聞，許多地方的記者都來採訪，全球不同角落都有人關心被困洞穴的人。

小虎看見老師一臉黯然，不斷追問老師新消息，老師輕歎一聲説：「別問了。」

「他們是我的教練和隊友啊！」小虎説：「我想知道現在情況，老師，你告訴我吧。」

老師想了好一會，知道小虎遲早會知道這件事，輕輕説：「出了意外。」

小虎震驚得張大嘴巴，不懂回應，老師連忙説：「小野豬的教練和隊友安全，但營救他們的潛水員遇險。」

「發生什麼事？」小虎問。

「由於洞內氧氣含量太低，潛水員不斷要運氧氣進入山洞，有個潛水員意外缺氧昏迷，新聞報道説發現得太遲，救不回了。」老師盡量平和道來。

小虎難以置信愕在那兒，他原本跟大家一起去探險，只因答應媽媽回家溫習，不得不離開，心裏還埋怨媽媽要他回家。小虎沒料到那一天，大家高高興興的探險決定，會令一個無辜的救援人員死去。由震驚到難過，緩緩流下眼淚。

老師給小虎手帕抹眼淚，然後說：「沒有人想有意外的，他是救人英雄，你們更要為他活好自己的人生。」

「老師，我不明白含氧量的意思。」小虎抹乾眼淚說，想了想，再問：「氧氣含量太低會怎樣？」

「我們呼吸要吸入氧氣，空氣中的氧氣含量對人影響很大。一般來說，空氣的氧氣含量是百分之二十一，我們在百分之十八至百分之二十二的氧氣含量環境生活會覺得舒服。要是氧氣含量低百分之十八，我們會感到呼吸不暢，甚至胸口翳悶。萬一氧氣含量低於百分之十五，我們的呼吸就會變得急促，心跳和脈搏會加速跳動，大部分人開始感到頭痛、眩暈、無力、遲鈍、疲勞等。」老師說到這兒，歎了歎氣，上網重温氧氣含量對人的影響。

小虎瞪大眼睛望向老師，他不知道每日呼吸和空氣含氧量的關係，呆了一陣子問：「再少一點呢？」

「好像攀登高山的人要用氧氣筒一樣，高山空氣稀薄，生物很難生存的。要是氧氣含量低於百分之十二，人的呼吸會明顯受阻、非常疲勞，容易噁心嘔吐，有些人會無法行動，甚至癱瘓。當氧氣含量低於百分之十，噁心嘔吐情況會更加嚴重，不少人會失去意識、無法行動，以至死亡。」

「老師，含氧量那麼低，我的教練和隊友怎樣？」小虎緊張問：「山洞還有多少氧氣？」

「政府公布山洞內的含氧量已降低到危險水平的百分之十五左右，救援人員要及早行動了。」老師歎一口氣說。

「怎麼辦？」小虎追問。

「你問我怎麼辦，我都沒有答案的。今日沒有新消息了，你早點回家休息。」老師說。

「我原本最喜歡吃飯和睡覺，但我現在沒有心情吃飯，睡覺又想起小野豬的教練和隊友，老師，我可以做

什麼?」小虎問。

「你好好保持健康和努力讀書就可以,大人會想辦法救他們出來的。」老師說:「你再這樣擔心,到時個個健康回家,但你生病了,怎樣練波呢?」

「嗯,知道了。」小虎說:「老師,我回家啦。」

「快回家,好好吃飯和睡覺。」老師說。

第十五日,小虎不用上課,媽媽陪他到網吧上網,一直在看負責救援的海豹部隊的社交網站。

小虎媽媽看了大半天,伸伸懶腰說:「我先回家煮飯。」

「好呀,你吃罷拿來給我吃。」小虎說。

「先回家吃飯吧,晚上再陪你來看一會。」小虎媽媽說。「不,我好擔心他們,洞穴含氧量只剩下百分之十五,好危險呀。」小虎說。

「什麼是含氧量?我總是不明白。」小虎媽媽說。

「媽,快回家煮飯,你不會明白的。」小虎眼望電

腦屏幕説。

「你啊，現在嫌棄媽媽讀書少。」小虎媽媽説。

熒幕出現一封手寫的信，小虎驚呼起來，小虎媽媽連忙湊近細看，那是教練在山洞中手寫的，內容是：「致所有家長，目前全部人都很平安，救援隊伍給我們非常好的照顧，我保證會用最好的方法盡力照顧孩子們，非常感謝所有來自外界的善意訊息，我向所有家長誠摯道歉。」

「教練有消息了。」小虎媽媽説：「他應該知道沒有家長會怪責他的。」

「你怎知道沒有家長生氣呢？」小虎問。

「我日日跟他們一起，全部家長都説沒有教練照顧，洞穴的孩子活不到今日，他們不會怪責教練的。」小虎媽媽説。

「媽，你看，察猜寫的便條呀，他寫不用擔心，大家都很堅強。」

「我看到呀，阿杜寫我們出去的時候，希望可以吃到很多東西，也希望可以儘快回家。」

「司善寫爸爸媽媽我愛你們。」小虎笑説：「阿朗最喜歡吃東西，他寫要吃煎豬排啊。」

「現在知道他們都安全了，我們一起回家吧。」小虎媽媽説。

「媽，我可以食煎豬排嗎？」小虎問。

「大奇跡日吃過了，今日沒有準備，遲點請阿朗和其他隊友來我們家，一起吃煎豬排。」小虎媽媽説，想了想，補充道：「嗯，還有教練。」

小虎拖住媽媽的手説：「媽媽，我真的好愛好愛你和爸爸。」

「知道了，別肉麻。」小虎媽媽笑説，心裏甜得不得了。

第十六日，政府在早上十時宣布展開救援，那是人類有史以來最危險的拯救行動，但他們不得不如此。

小虎問爸爸：「好突然呀，為什麼？」

「我聽其他家長說，最近停雨幾日，工作人員已經盡量將洞穴的水抽出來，水位已經最低，但下雨又令水位升高，增加的雨水多過抽走的積水，即是抽來抽去，山洞都有許多水，不會出現原先的路。雨季即將來到，預計很快有連場大雨，今日不救他們，恐怕永遠救不了。」小虎爸爸說。

「爸爸說得對，我聽司善媽媽說，有個洞穴潛水救援專家看過形勢後表示，如果現在不行動，永遠就再沒機會行動。」小虎媽媽說。

「我想出去看看。」小虎說。

「我們會阻礙救援人員的。」小虎爸爸說。

「我是小野豬隊員，我關心他們啊。」小虎說。

「好吧，我跟你騎單車去，停在可以停留的地方，未必接近，但你要聽我說的。」小虎爸爸說。

小虎連忙說好，跟爸爸騎單車前往。許多人在山洞

外圍等候，小虎爸爸看見阿朗的爸爸，低聲問：「怎麼了？」

「他們告訴我們有一千人支援營救行動，潛水員有九十名，十三個全世界最頂尖的洞穴潛水救援專家幫忙，他們要我們放心，一定可以救孩子出來的。」阿朗爸爸説。

「一定可以的。」小虎爸爸説。

他們由早上等到黃昏，大家知道救出第一個人，然後是第二個，不過，人人的心情依緊張，無意閒談。工作人員開始勸他們先回家，看電視新聞也許比現場知道更多。

小虎爸爸説：「我們回家吃晚飯吧，我們連午飯都沒有食，好肚餓。」

「爸爸，他們先前餓了十日，我們只餓一陣子，我想等下去。」小虎説。

「你這樣很易生病，也妨礙他們工作，工作人員勸

我們回家，我們先回去好了。」小虎爸爸說。

小虎點點頭，跟隨爸爸騎單車回家，還未踏入門口，已見小虎媽媽跑出來說：「電視新聞說救出兩個人啦。」

「我們知道，不過是哪兩人出來了？」小虎問。

「我打電話問司善媽媽，她說政府不會公布，以免影響家長心情。他們全部都明白不公開先離開山洞的孩子姓名原因。家長一致決定，等到十三個人都獲救後，才一起去醫院探望孩子。」小虎媽媽說。

「好肚餓，可以吃飯沒有？」小虎爸爸但覺鬆一口氣，帶笑問。

「煮好啦，快幫手開飯。」小虎媽媽笑說。

第十七日，小虎上學心情愉快，他知道教練和隊友都會平安走出山洞的。

放學回家後，從電視新聞知道，再有四個隊友獲救，加上先前的四個，只要再救出五人就大功告成。

第十八日，救援隊逐一救出四個少年，最後救出教練，整個救援行動終於結束。

由於連日來救援隊伍不斷將山洞的水抽出來，淹蓋了四周農田，農夫損失慘重，但他們一再強調沒所謂，孩子無事就可以。

臨近收成季節，在最後的營救行動將遠處的農田都淹蓋了。更多農夫的心血就此白費，不過，所有農夫都接受水淹農田。政府和慈善機構願意賠償給他們，但他們一口拒絕。

有個接受傳媒訪問的女人面對鏡頭笑說：「農田被水淹沒事小，沒有收成沒有問題，金錢損失也是小事，只要全部孩子平安，我們已經好開心。」

小虎覺得四周的人都很美麗，個個都願意為十三人的平安付出。

小虎跟爸媽說：「我就算不努力讀書，將來長大做個善良農夫好啊。」

小虎媽媽沒好氣説：「你努力讀書，將來可以做入山洞救人的醫生，又可以做參與營救的專業人士⋯⋯」

小虎媽媽還未説完，小虎爸爸已經接下來説：「耕田很辛苦，我們希望你未來可以多點選擇。不過，就算你將來要做善良農夫，爸媽都一樣疼愛你。」

小虎聽罷，上前跟爸媽抱在一起，説：「今日好開心呀。」

✦ 第七章　勇氣 ✦

困在山洞十日，大家開始感到絕望的時候，教練聽到奇異的水聲，全部人走到水邊，一起看見兩個潛水員浮上水面，十三對眼睛同時盯住他們。

潛水員用英語問他們問題，十二個人呆住了，只有阿來回答，大家聽到他重複一個單字，但不知道他在説什麼。

待潛水員離開後，教練問：「你們剛才重複講得最多的是什麼？」

「我説我們要EAT！EAT！EAT！」阿來説。

「你連續説三次食食食？」教練聽清楚那是他懂得的單字後，再要確認似的問。

「對，我想不起更多英語，只想吃東西。」阿來低聲説。

「真是失禮，外界的人以為我們只懂得食。」教練笑說。

「教練，對不起，我英語欠佳。」阿來說。

「教練，別罵阿來，我們好肚餓，教練有十日沒吃東西吧。」阿朗說。

「你們聽不出我在說笑嗎？」教練笑說，繃緊多日的情緒一下子放鬆，好像許多日沒有洗澡，一下子可以泡在溫泉的感覺。教練實在太開心，輕拍阿來的肩膊，笑道：「阿來做得真好，大家休息一會，潛水員會帶食物來的。」

十二個少年一起歡呼，儘管歡呼聲有氣無力。

不知等候多久，反正在洞穴已沒有時間觀念，他們看見兩個外國潛水員來到，給他們帶來流質食物和保暖防潮氈，以及工作人員預先翻譯好的當地文字。

教練看罷，知道兩個是資深洞穴潛水專家，澳洲來的更是醫生兼專業洞穴潛水員，他來到為十三人逐一檢

查身體，包括阿欽，大家重燃希望，以為立刻可以離開，沒料到希望越大失望越大，隨即大大失望起來。

阿來問醫生：「我們可以離開嗎？」

「暫時不可以。」醫生說。

「為什麼？」阿來說。

醫生回答後，但阿來不大明白，醫生看見他們疑惑表情後，以最簡單的英語說：「遲點可以。」

阿來點點頭，回到教練身旁。

由於要有足夠的氧氣離開，潛水員不能逗留太久，醫生為他們的健康情況感到高興，如果十日內有人情緒失控或健康轉差，十三人都會好危險，現在見他們只是飢餓和虛弱，沒有精神崩潰和各種生理和心理毛病，心裏讚歎是奇跡。

醫生潛水離開前，輕拍教練的肩膊說：「你已經做得很好，你們都做得很好。」

教練點點頭，目送兩個潛水員離開。

司善問：「醫生跟你說什麼？」

「他說我好英俊。」教練笑說。

「你騙我們。」卡卡笑說：「他說我特別英俊，才是事實。」

全部少年笑起來，吃了流質食物，身體回復精力，漸漸忘記困在山洞的苦況，可以開懷大笑。

教練問：「山洞氧氣不足，你們別大笑，以免笑到喘氣。」

「教練，我沒氣力笑呀。」阿欽說。

「服藥後休息一會，很快可以走出山洞笑的。」教練說。

「我不笑了，一笑就有點暈眩呀。」阿朗說。

「大家不要再笑，繼續打坐。」教練轉頭問阿來：「阿來，他跟我說什麼？」

「你明明不知道都點頭，他說你是傻瓜。」阿來一臉認真說。

「他的眼神那麼善良，說話一定善良，我自然認同。」教練說。

「眼神善良也可能內心邪惡。」阿杜說。

「不會。」教練堅定說：「那位外國醫生說，他公餘喜愛洞穴潛水，知道我們被困，不惜花費金錢、時間和精力前來幫助我們，這樣的人不可能邪惡。」

「壞人可以用善良的眼神騙人的，媽媽教我別相信陌生人。」察猜說。

「察猜的媽媽是對的。」教練說：「我們對陌生人一無所知，但我們知道剛才的醫生為了救人而來，一個人的行動比說話重要。」

「我明白了。」阿來說：「醫生真是好人，他剛才讚教練已經做得很好，我們做得很好。」

教練微微一笑，他並非為得到稱讚高興，而是為十二個隊員健康平安開懷，他寧願自己受傷都不願見任何一個隊員受傷，寧願自己生病都不願見任何一個少年

生病。

「我們開始靜坐冥想。」教練輕輕說。

不知冥想多久，司善像古代航海家發現新大陸一樣，突然大喊：「哇，今日是卡卡的生日啊。」

全部人從冥想或睡夢中醒過來，卡卡說：「我生日嗎？」

「是啊，你的生日比阿朗的遲十二日，我的生日比你遲兩日。」司善說：「或者，我可以回家過生日，媽媽會煮我最喜歡的冬蔭功，有海鮮的，平日沒有，我生日才煮的。」

「生日快樂，卡卡。」教練說。

「我們一起唱生日歌。」阿杜說。

在含氧量不足的環境唱罷生日歌，大家已經有點喘氣。卡卡裝作吹熄生日蛋糕上的蠟燭，然後許願。

阿欽服藥後好多了，坐在卡卡身旁問：「許了什麼生日願望？」

「跟阿朗回答一樣，我不能説出來，我的媽媽都説不能將願望説出來的。」卡卡説。

「我知道，我知道……」阿朗説：「你的願望是我們一起離開山洞，你沒有説，是我説的，這個願望一定實現。」

「噢，不是，我忘記這樣的願望。」卡卡説。

「噓。」少年一哄而散。

司善連忙説：「我後天許這樣的願望。」

「你在家過生日的話，已經不用許這個願望啊。」阿來説。

「咦，我們應該許什麼願望呢？」司善説：「我想阿根廷贏世界盃，這個願望好不好？」

「我想法國隊贏啊。」阿欽説。

「到我生日的時候，我許的願望會最偉大，我想小野豬足球隊贏世界盃。」沙治説。

「這樣的願望是不可能的。」教練説：「世界盃是

國家隊比賽，小野豬怎能代表國家呢？」

「就算可以，我都不能參加，我沒有國籍。」阿來低聲說，他是難民，沒有國籍和身分的。

「別失望，我都沒有國籍，但我們可以繼續努力踢足球。」教練說。

「知道。」阿來說。

「阿來，你為什麼識英文呢？」阿杜問。

「我沒有國籍，爸媽不在身旁，住在教堂，那裏有外國神父教我英文。」阿來說：「我不知道將來會怎樣，只知道現在要努力學習，希望將來可以養活自己和養活爸媽。」

「一定可以，教練沒有父母，沒有國籍，不懂英語，仍然有能力養活自己和外婆，你一定可以的，阿來。」教練說，他覺得阿來就像他的弟弟，如果弟弟活到今日，應該跟阿來一樣聰明。

大家原先以為看見救援人員就可以離開山洞，沒料

到他們沒有能力出去。

　　阿來剛想回答教練的時候，看見再有潛水人員帶同裝備來到，這次是有共通語言的人，不用翻譯。

　　「我們還要等多久呢？」沙治清清喉嚨，鼓起最大的勇氣去問潛水員。

　　「我們正在研究不同方案，其中一個是教你們潛水，你們懂游水嗎？」潛水員問。

　　「我怕水的，我不懂游水，但是不想學。」阿杜遠遠說。

　　「我都怕水的，我學不來。」察猜說。

　　潛水員問：「誰懂得游水就舉手。」

　　沒有人舉手，潛水員說：「我們再想其他方法。」

　　「我可以學的。」阿來說。

　　「我都可以學。」沙治說。

　　「洞穴潛水很危險的，有些位置狹窄得會撞傷自己，我們會再想辦法，你們耐心等候吧。」潛水員說。

「叔叔，今日是卡卡生日，後日是司善生日，我們可否……」阿杜說到這兒又不好意思說下去。

「我們為卡卡唱生日歌，卡卡站出來。」兩個潛水員一起唱生日歌，卡卡一臉腼腆地笑。

大家聽罷生日歌鼓掌後，司善問：「我可以回家過生日嗎？」

「我們不知道，希望你可以。」潛水員說。

「我們……」沙治還想說話，潛水員已截住他的話說：「我們要離開了，下次帶美味的食物給你們，但無法帶生日蛋糕。」

「對不起，他們年紀輕不懂事，整天只想吃，辛苦你們了。」教練連忙說。

「不要緊，我都喜歡吃蛋糕。」潛水員說：「今年沒有生日蛋糕有點可惜，明年叔叔請你食生日蛋糕。」

「好呀，」卡卡問：「我怎樣找你呢？明年你會忘記我嗎？」

「叔叔怎會忘記呢？」潛水員笑説。

「卡卡，別再纏住潛水員叔叔，他們要離開呀。」教練説。

潛水員環顧四周，輕輕説：「快到雨季，天氣不穩定，山洞的含氧量不高，你們盡量少郁動。」

「我們知道呀，」察猜説：「我們日日打坐冥想，近乎不動。」

「你們做得很好，我們會想辦法儘快帶你們出去的。」潛水員説，看了每個人一眼後，再説：「你們當中可有感到頭暈或噁心的，如果不舒服，現在可以説出來，我們準備了氧氣筒和藥物的。」

阿杜説：「我最近覺得頭好暈，整天昏昏沉沉，好像做夢，又好像不是，我覺得不舒服，但不知道應該怎樣説。」

「你先躺下來。」潛水員即時兼任救護人員，説：「慢呼慢吸，我們很快會帶你出去的。」

「如果我死了，麻煩你告訴我媽媽不要哭，她總是為小事哭泣的。」阿杜說。

「別傻，你不會死的。」教練說。

「我在家裏有盒模型，可以砌成變形金剛的。」阿杜的聲音開始微弱，停了一會兒，繼續說：「我儲錢許久，才買到這盒變形金剛的，如果我死了，你們將變形金剛給我妹妹。我還有一些零錢，都給妹妹，讓她買喜歡的玩具，她想買⋯⋯」

「阿杜！阿杜！」教練緊張大喊。

潛水員說：「別緊張，你們別大聲說話，這兒含氧量不足，我們已給他吸純氧，他很快會醒過來的。」

「謝謝你們。」教練和十一個少年紛紛說，卡卡和沙治已經在抹眼淚，他們都擔心阿杜。阿杜一直健康的，連澳洲醫生都將他排在最健康的第四位，沒有人想過他突然會暈眩，只有教練憂慮過所有少年的健康，因為，他知道一個健康的人隨時會無聲無息倒下來的。

「我們要走了。」潛水員戴回潛水面罩，跟同伴雙雙離開。

大家守在阿杜身旁，看見他徐徐醒轉，阿朗用手掩住自己的嘴巴，生怕大喊出來，山洞不夠氧，不能大喊大笑。

阿杜張開眼睛，看見十一個隊友和教練，説：「我未死嗎？」

「你不會死的。」教練堅定説。

「就算現在不死，我都沒有能力游出山洞，我覺得自己的生命力一點一點流失。」阿杜説。

「他們是全世界最頂尖的救援人員，自然有辦法幫助我們出去的。」教練説。

「我沒有氣力，一點也沒有。」阿杜有氣無力説：「你們走吧，不要理會我。」

「要走一齊走。」阿來説。

「對，我們小野豬共同進退的。」察猜説。

「我真是辦不到啊。」阿杜哭起來說：「你們以為我不想走嗎？」

「勇氣。」教練突然說：「阿杜，你忘記我們要有勇氣嗎？」

「有勇氣的人都會死的。」阿杜說：「我一直不敢跟鄰座的小美說喜歡她，你們可以告訴她……嗯，還是不要說，以免她難過。」

「你自己告訴她啊。」察猜說。

「我好疲倦，但我怕睡覺後不會再醒過來，就這樣死去。」阿杜說。

「鼓起勇氣活下去啊。」阿來說。

「有勇氣一樣要死的。」阿杜說。

「每個人都會死，有勇氣的人會面對生命的難題，戰鬥到最後一分一秒。」教練說。

「我沒有氣力了，沙治，我欠你一杯雪糕，下輩子再還給你。」阿杜說。

「我們一起走出山洞之後，你請我吃，你欠我的。」沙治邊哭邊説。

「沙治，別哭。」教練説：「阿杜，好好休息，明天醒來就會有精神的了。其他人繼續冥想或睡覺，別浪費精力。」

「教練，我覺得呼吸不暢順，有點辛苦。」阿朗説。

「大家坐好，跟我一起慢慢吸氣，然後慢慢呼氣，越慢越好，安靜自在。」

「教練，我有點頭痛，無法冥想。」小安説。

「不舒服就躺下，覺得需要吸氧氣就舉手，或者舉腳。」教練笑説，幾個少年輕輕笑起來。

教練環顧每一個成員的臉，現在有充足的電筒，可以讓他清楚看到每一個孩子面色正常，暫時沒有人需要氧氣。教練鬆一口氣，微笑道：「這兒有足夠保暖設備、純氧和食物，雖然大家感到不舒服，四周潮濕黑

暗，含氧量也低，不過，一切會好轉的，我們要有勇氣
面對逆境。」

「知道了，教練，我們要有勇氣呀。」阿來大聲
說，其他少年附和。

「阿來，說話別那麼大聲，勇氣不用大聲表示
的。」教練笑說：「山洞空氣稀薄，大家專注靜坐，靜
觀內心。」

阿來感到內心凌亂，澳洲來的醫生潛水專家為他們
評估健康時，阿來是最健康的第一位，他是十三個人之
中身體最好的，也是唯一懂英語，能夠跟外地潛水員簡
單溝通的。

醫生曾不經意說政府計劃先救最健康的一個，但醫
生認為身體情況最差的未必能夠捱到最後，悄悄跟阿來
說：「你也許要耐心等候，最後救援才到你。」

阿來不大明白，但他沒有發問。一來懂得的英語詞
彙不足，難以表達。二來他從來不問大人的決定，因為

明白大人有大人的苦衷和難處。

　　他記得小時候跟爸媽在難民營生活的情況，沒有自己的家，沒有身分，沒有金錢，沒有工作，什麼都沒有。父母千方百計送他離開難民營，他沒有問爸媽為什麼，也沒有問他們為何不能離開，只是努力讀書，努力學習，希望長大後，可以給父母好一點的生活。

　　明明是靜坐，但阿來的腦海一點也不安靜，他想起許多個寂寞的晚上，教堂只有他一個人，他就看那兒的書，一本又一本的看下去，儘管有時根本不明白書籍內容，他都一本接一本的讀下去。

　　阿欽昏昏沉沉睡去，夢到大家在草地踢足球，個個都好開心。阿欽一直是身體最孱弱的，沒有想過阿杜的健康急轉直下，幾乎比他更差。他和夢中和阿杜爭波，大家跑得一身大汗，快活得不得了。

　　阿宋冥想的時候，滿腦子豬排和雞翼，他在完全沒有食物的幾日，每喝一口水都想像是果汁，每次深呼吸

都想像嗅到遠處傳來炸豬排香氣，他懷疑自己傻了。

此時此地，除了滿腦子愛吃的食物外，阿宋無法想到其他東西，大腦擠滿食物，怎樣都不能清空腦袋的。

小安在潛水員出現之前，以為會在山洞餓死。他的腦海總是浮現自己四肢無力躺在地上的樣子，那一刻，他好像離開自己的身體，坐在一旁看見自己躺在地上，很是害怕。

小安的腦海重現教練走過來將一糖粒放在他的嘴裏的一幕，教練示意他不要出聲。小安猜想那是教練身上最後的食物，用來給血糖過低的隊友補充血糖。有時練習後，除飲水外，教練還會給他們一些葡萄乾或糖果，讓他們補充體力，教他們血糖過低感到暈眩的話，最簡單的方法是吃一粒糖。

小安老是想起將糖放在口裏的感覺，他不捨得吃掉最後的一粒糖。由於山洞潮濕，那粒糖也是濕濕的，就算不吃掉也會在口腔融化，小安知道，吃了那粒糖後，

大家都沒有食物了。小安在思想掙扎的時候，教練輕拍他的肩，提醒他快點吃糖，就是那一粒糖讓他鼓起勇氣活到今日。這刻，潛水救護員給他們足夠飲食，小安不再飢餓，但他冥想的時候，在腦海就只有許多許多不同顏色的糖，他會送一堆給教練，然後任由隊友一人抓一把，想到這兒，不覺笑起來。

沙治在冥想的時候總是看見最瘦小的同學，其他同學喜歡捉弄他，笑他是怪胎，明明是男孩，但長得像女孩一樣。沙治沒有取笑他，也沒有制止同學作弄他，只是默默坐在一角看一班同學欺凌一個同學。沙治不明白這些畫面為何不斷浮現在他的腦海，在心裏決定走出山洞以後，他一定會幫助弱小的同學，正如救援人員幫助他們一樣。沒有救援人員，他們一定會死在山洞。

要是人類不懂互相幫助，要是沒有人幫助被欺凌的人，這樣的世界未免太可怕。沙治跟自己說，他一定要成為幫助別人的人，對醜惡的事情不再視而不見。

察猜靜默的時候總是想起媽媽，他想起媽媽要他回家溫習，但他沒有像小虎那樣聽媽媽的話回家，反而跟教練和隊友一起去睡美人山洞探險。

察猜沒有後悔，不過，他想跟媽媽説句對不起，他一直知道媽媽疼愛他，然而，每當他生氣時，就會大聲反駁媽媽，因為他知道無論媽媽如何生氣，最終都會原諒他，繼續愛惜他。

即使全世界不能忍受他的脾氣，媽媽都會忍受，所以，察猜只對媽媽發脾氣。在山洞冥想多日以後，察猜好想跟媽媽説他會做個好孩子，希望媽媽知道他是愛媽媽的。

阿朗想起這個特別的十三歲生日，原本歡天喜地走入山洞，沒多久就大水淹至，他的生日會就是往高地跑，起初大家還有説有笑，後來就靜了下來，因為知道無法由原路離開，甚至可能無法離開。

阿朗的生日願望是隊友阿來和真奈都拿到居留權，

他知道他們是最窮的難民，家人住在別處的難民營，只有他們住在這兒。從來沒有人跟他們慶祝生日，阿朗很開心可以吃生日蛋糕，可以許願，他希望阿來和真奈都可以。即使困在山洞，他依然感謝教練和隊友為他準備這樣的生日會。

阿杜沒有想過頭暈，明明沒病沒痛的，突然暈眩起來，頓覺天旋地轉，無法以坐姿冥想，只能躺在地上。

阿杜心底裏有點看不起體質最差的阿欽，雖然阿來最後加入做後備，但踢得最差最應該做後備的是阿欽。阿杜沒有想過自己有天變得比阿欽更虛弱，更加需要別人照顧。

阿杜一直照顧隊中的小安，因為小安年紀最細，需要照顧，他一直樂意做照顧者。然而，單單一日的差別，他就由照顧者變成要人照顧的。他記得看過的英雄電影主角說：「能力越強，責任越大」，認定自己是能力強責任大的人，轉眼間卻要接受自己能力弱無法負擔

任何責任。阿杜沒有想下去，因為頭痛暈眩，沒多久沉沉睡去。

卡卡沒有想過會在山洞過生日，他的生日願望是跟小野豬隊友友誼永固。他覺得好幸運，可以加入小野豬足球隊，家裏沒餘錢給他買足球鞋和球衣，教練買來送給他。教練就像他的哥哥，沒有教練，他的日子一定更難過。

阿邁閉上眼睛就「看見」媽媽煮的豬排湯粉，十多天沒有見爸媽，不知他們怎樣。然而，無論怎樣回憶，阿邁都無法記起媽媽的模樣，他許久沒有細看媽媽的五官，只記得她煮的湯粉。媽媽整天忙碌，每日工作很長很長時間，回家做許多許多家務，總是背着阿邁辛勞工作。阿邁記得媽媽的背影，記得她用手背抹汗的身影，但不記得媽媽的笑臉，媽媽太久沒有笑容了。

跌倒擦傷的傷口還有點痛，但不及心痛媽媽的辛勞。阿邁在心裏跟自己說，離開山洞後，他要幫助媽媽

做家務，吃罷豬排湯粉會自己洗碗，他好想跟爸媽説好愛他們，好想看見爸爸和媽媽燦爛的笑容。

真奈跟阿來一樣是難民，他好羨慕阿來多才多藝。每次在山洞閉上眼睛冥想，真奈都想起他只有自己一個，他覺得好孤單，只有跟小野豬的隊友一起時，他才感到快樂。

他知道教練對他和阿來特別好，因為他們沒有親人，沒有錢，什麼都沒有，教練不時會送文具和衣物給他們。真奈知道教練賺錢不多，他的衫褲都有破洞，教練會自己縫補衣服，然後將買新衣物的錢用來給他們買球衣。真奈想過，他可以最後一個離開山洞的，洞外沒有等候他的親人，他最親的人都在山洞內。他甚至想過，如果有一個人無法離開山洞，他願意做那一個人。

司善好想好想回家過生日，可惜，他的願望落空。

不知冥想了多少天多少次，司善只知在卡卡生日後又冥想了兩天，但他們仍在山洞，大家都感到好辛苦，

因為潛水員説空氣含氧量越來越低，已到了危險水平，他們一定要在雨季前離開，沒有時間教他們游水和潛水了。司善渴望回家，總是在冥想或夢中回到家中，抱住媽媽要吃她煮的冬蔭功。每次都是最開心的時候回到現實的山洞，每次都寧願逗留在自己的幻想裏。

教練在寺院打坐多年，悲傷的情緒漸漸放鬆。然而，他依然不快樂，直至他成立小野豬足球隊。

教練總覺得童年待弟弟不夠好，他是哥哥，卻跟弟弟爭玩具和零食，如果生命可以重來，他會將自己的一切讓給弟弟。

教練記得每個隊員的生日，記得他們的需要，由於阿來和真奈沒有家人照顧，教練更視他們為弟弟，有時望向真奈，彷彿看見弟弟跟他一起上學的表情。弟弟最喜歡上學，跟阿來一樣喜歡學習，在學習的過程感到開心。阿欽生病的時候，教練想起弟弟躺在病牀的樣子，心裏害怕，仍要給他們信心。阿杜説頭暈時，教練同時

感到心裏地動山搖，好害怕阿杜倒下來。他總想給這班孩子最好的，卻把他們帶到山洞探險，教練很是懊惱，一方面埋怨自己，另一方面提醒自己不能倒下，他要照顧好每個少年，讓他們平安離開山洞。

教練知道救援人員正努力營救他們，他們要做的就是保持健康。十三人就這樣或坐或臥的冥想休息，但空氣含氧量越來越低，即使放緩呼吸，教練還是感到胸口翳悶，並且知道全部少年都有同樣感覺，只是大家沒有說出來。

冥想的時間總像壓縮了似的，大家不知靜坐多久，只知救援人員來到，跟他們說：「今日開始救你們出去。」

「今日？」教練驚訝問。

「對，今日再不救，永遠就救不來。」那位潛水救護員說。

「我們要做什麼？」教練問。

「大家繼續冷靜等候安排，我們先將最虛弱的帶出去。」救護員說。

「先帶阿杜。」教練說。

「按照醫生先前評估，第一個要離開的是阿欽。」救護員說。

「先讓阿杜離開，我好轉了，但他暈眩得很，先讓他離開。」阿欽說。

「不，先讓阿欽離開，我可以等候。」阿杜說。

兩個救護員衡量兩人狀況後，互望一眼，本土救護員說：「先帶阿杜出去，第二個帶阿欽，你們好好準備，我們會逐一帶你們出去的。」

十二個隊員摟作一團，好像平日贏波似的高興。教練輕拍阿杜的肩，示意他勇敢面對。

「害怕嗎？」教練問阿杜。

阿杜原本想說不害怕，但聲音顫抖地說：「我……

我害怕。」

「別怕。」救護員為他注射小量鎮靜劑，以免他在半途害怕掙扎受傷，然後為他穿上特別安排的全面罩潛水裝備，兩個救護員一先一後的帶阿杜離開。

「教練，我好緊張。」阿欽説。

「別緊張，你們先出去。等大家都出去後，可以一齊看世界盃。」教練説。

「好啊，我們一起看世界盃。」阿來笑説。

阿欽看見大家開心的樣子，心情放鬆起來，然後問：「我要先小便嗎？我怕途中想去廁所。」

卡卡笑説：「別婆婆媽媽，要小便就去小便，還用問嗎？」

全部人笑起來，阿欽有點不好意思，默默走到最遠的地方去。

「要我陪你嗎？」司善問。

大家笑得更開懷，教練又要制止他們説笑，正色

說：「山洞含氧量不足，別再說笑，大家開始打坐，儲存能量。」

阿欽不知何時回來，坐在教練身旁打坐，輕輕問教練：「教練，我在潛水時可以冥想嗎？我好怕水。」

「可以，你想像在媽媽的懷裏，很快就會到達山洞外的。」教練說。

另一批救援人員到達，向大家宣布：「阿杜已經離開山洞。」

十一個少年一起歡呼，然後，一起氣喘，救護員忙於量度阿欽的心跳和血壓，給他鎮靜劑後，開始為他穿上潛水裝備，帶他出去。

他們不知道近一百人協助潛水救援，只知道許多人幫忙。

第三個準備離開的是小安，他最瘦小，潛水員很有信心帶他出去。

然後到擦傷手腳的阿邁，阿邁帶點不好意思說：

「我其實可以等的。」

「你快點安靜，準備出去吧。」教練笑説。

整日緊張萬分，直至潛水員説：「今日的救援行動到此為止，明天再來。」

説罷，兩個潛水員帶阿邁潛到水裏去。

第二日，大家已經有心理準備，察猜、沙治、阿宋和卡卡都分別跟隨潛水員離開。

第三日，阿朗和司善都離開後，山洞內只餘下阿來、真奈和教練。

阿來問教練：「這些日子以來，教練，你真的不害怕嗎？」

「我害怕的，我怕你們受傷，我怕自己無法照顧你們。」教練説。

「教練，我現在怕身分曝光以後，無法留在這裏，不能跟你們在一起。」阿來説。

「還未離開山洞，你就開始憂慮外面的事。阿來，

你這樣辛苦嗎？」

「教練，我怕沒有機會說，我好感謝你待我那麼好，你比我的父母更親近。跟你們一起，我才沒有那麼寂寞。」阿來說。

「應該是我感謝你們陪伴我，村裏的人曾叫我悲苦孤獨的小男孩，因為有你們，我才可以成為快樂的男人。」教練笑說。

「教練，阿來，我感謝你們。」沉默的真奈突然說，眼淚流得一頭一臉。

阿來和教練大吃一驚，生怕他在潛水時情緒太壞。教練笑說：「你在球場再感謝我們吧。」

「對，我們在球場論英雄，你們猜哪一隊贏世界盃呢？」阿來明白真奈的由衷感謝，但不習慣表露情緒，感到有點尷尬，連忙轉話題。

「荷蘭。」真奈說。

「荷蘭？你喜歡荷蘭？」阿來問。

「我喜歡橙色，我知道荷蘭隊就是穿橙色球衣。」
真奈説。

「我喜歡巴西，不過，我問過潛水員，他們説荷蘭
和巴西都出局了。」阿來説。

「我們出去還可以看決賽啊。」教練説。

「對，養足精神看決賽。」阿來高興説罷，隨即情
緒低落起來。

「幹什麼？」教練問。

「我又想起自己沒有國籍。」阿來説。

「我們對未來要有信心。」教練説。

「有信心都是無國籍的。」真奈悲觀道。

「我們不知未來如何，但要相信美好的事情在前
方。」教練笑説：「我們做好本分，有信心活好每一
天。」

阿來和真奈相視而笑，即使現在沒有，不等於將來
沒有，他們要跟教練一樣，他們要對未來充滿信心。

✦ 第八章　團聚 ✦

小虎知道全部隊員和教練都離開山洞後，開心得不得了，不斷央求爸媽帶他去探望他們。

「你別去麻煩人啊。」小虎媽媽説。

「我是隊友，他們都想見我的。」小虎説。

「他們的家人剛剛等到十三人全部安全出來，現在才可以探望他們，未到你呀。」小虎媽媽説。

「教練、阿來和真奈雖然有親人，但他們未必可以來這兒的醫院探望，我想去陪陪他們呀。」小虎説。

「他們身體虛弱，要休息的，待他們康復後，你們一起去練波就可以見面，不用去醫院探望啊。」小虎媽媽説。

「為什麼他們出來的時候都蓋上眼睛，一動不動的被人抬去醫院？」小虎問。

「你沒有聽新聞報道員說，他們在黑暗的山洞近二十日，不能一下子接觸戶外光線，以免眼睛受損。」小虎爸爸剛剛回家，聽到小虎的問題，走近說。

「他們可以看電視嗎？」小虎問。

「不可以。」小虎爸爸說。

「電腦呢？」

「更加不可以。」

「豈不是無得看世界盃決賽？他們無得看世界盃，好可憐呀。」小虎驚訝問。

「可憐並不是這樣用的，他們並不可憐。」小虎爸爸說。

「被困十多日還不是可憐嗎？」小虎問。

「他們闖了大禍，全部平安出來已經是幸運，還說什麼世界盃呢？」小虎爸爸說。

「去山洞探險而已。」小虎扁嘴道。

小虎爸爸正想說話，小虎媽媽已經搶着說：「遲點

再教訓孩子，現在全隊人脫險，大家都高興呀。」

小虎爸爸沒有說話，小虎想說下去，卻被媽媽截住他，喝令道：「還不溫習？你上次測驗僅僅合格，快去溫書。」

小虎像小狗一樣聽話，默默拿出書本細讀，聽到爸爸跟媽媽說：「他們真是幸運，但始終是闖禍了。」

「別說啦，大家平安就好了。」小虎媽媽勸止丈夫說下去。

全球傳媒仍關心小野豬被困山洞事件，待小虎可以跟教練和隊友見面時，他們都已經出院。

阿杜和阿欽在醫院康復進度良好，其他成員更快復元，大家出院以後，從昔日報道知道有潛水員為了義務拯救他們而缺氧死去，很是難過，幾個成員決定為他出家數天。

真奈和阿來一起出家化緣，真奈問：「我們是否做錯了？」

「走進山洞的時候，天氣很好。」阿來說：「我們最錯的是沒有留意天氣，沒有留在洞口附近，如果我們及早知道下雨，可以即時離開山洞，不會被困。」

「教練說對未來要有信心，但⋯⋯」

「別這樣，我們要有信心。」阿來說。

真奈沒有再說話，他為犧牲的英雄感到難過，如果他們沒有走進睡美人洞探險，就不會有人因他們而死。

「教練說，我們努力做個好人，將來幫助其他人，就是報答英雄。」阿來再說。

教練沒有欺騙他們，未來的確是美好的。

政府決定給教練、阿來和真奈戶籍，他們終於成為有身分的人，可以投票，可以代表國家出賽，可以堂堂正正居住下去。

察猜邀請大家去他的家裏吃飯，包括小虎。雖然家裏很窮，但察猜媽媽還是花錢買上好的材料煮冬蔭功和煎大蝦，教練在席上再次向察猜父母道歉，察猜媽媽

說：「我們不會怪責你的，如果沒有你照顧察猜，說不定他會死在山洞啊。」

「媽媽，你別這樣說，我可以照顧自己，不會死的。」察猜說。

「你差點飲水道的水肚瀉呀。」阿杜說。

「你才是虛弱得快死呀。」察猜說。

「跟女同學說了沒有？」阿邁問阿杜。

「說什麼？我忘記了。」阿杜一臉腼腆說。

「你別裝傻，我們都知道你家有盒變形金剛，有個好好的妹妹，在學校還暗戀女同學。」司善笑說。

「沒有呀。」阿杜說。

「教練，我給媽媽買生日禮物了。」阿欽說。

除教練外，其他人不明白阿欽說話的意思。

教練朝他溫和一笑，說：「媽媽收到禮物後，有什麼反應？」

「開心過中大獎，她真的很開心。」阿欽說：「媽

媽説，十多日以來難過得很，幸好我們都平安回來。」

「我太大意，應該更加謹慎照顧你們，當日及早離開山洞的。」教練説。

「爸爸説，你們是不對的。」小虎説。

「我們知道，媽媽也罵我連累許多人受苦了。」司善説。

「爸爸説，你們真是幸運。最近有個少年不理家人勸告，在下雨天去釣魚。」小虎説。

「釣魚沒問題啊。」阿來説。

「爸爸説天氣惡劣去釣魚好危險的，」小虎説：「少年跌落湖中失蹤，要六個消防蛙人去救他。」

「六個蛙人救一個人，救人真不容易。」教練説。

「爸爸説，六個蛙人遇上急流漩渦，全部死了。」小虎説。

大家呆在當場，察猜手上的湯匙跌了下來，大家無法想像那樣的慘事。

「真的？」教練問。

「真的，爸爸讓我看那段新聞。」小虎說：「如果少年聽從爸爸勸告不去釣魚，他和六個蛙人都不會死。」

「我們不會再做危險的事。」教練說。

察猜媽媽說：「沒有人怪責你們，不過，事實許多人因為這件事付出。」

「我們知道，遲點幫附近的農夫耕種，他們為了救我們，任由洞內抽水來的水淹蓋農田。」阿來說。

「快吃飯吧，別再說不開心的事。」察猜爸爸說。

十二個少年和教練在全球傳媒曝光後，應邀到各地接受訪問，多名球星突然現身，讓他們驚喜不已。與此同時，阿來感到有點迷失。

見過最崇拜的球星後，小野豬足球隊成員和教練乘搭飛機回國。

阿來跟教練並排而坐，想起小虎爸爸的怪責，低聲問教練：「教練，我們是否做錯了？」

　　「如果明知狂風暴雨都去冒險、等人救援就是錯，但我們確實不知道天氣轉變得那麼快。」教練輕輕說：「就算錯，都是我的責任，我是成年人，沒有評估風險就帶你們去探險。」

　　「還有幾年，我就是成年人，可是我還不知道怎樣分對錯。」

　　「你想問什麼？」

　　「我們犯錯，但全世界都關心我們，我們令農夫沒有收成，又令救人英雄死去，我好內疚。」

　　「別這樣，世界各地的人待我們好，不是因為我們優秀，而是他們優秀，他們善待遠方的窮小孩而已。」教練說。

　　「不是我們做錯或做對嗎？」阿來疑惑問。

　　「記得我的師傅說，我們只要憑良知去判斷善惡，

就不會離善良太遠。」

「也不接近啊。」阿來説。

「別跟教練辯論。」教練説：「你知道五加八是多少嗎？」

「十三。」阿來即時説。

「我的弟弟都可以回答，不過，他要逐隻手指去數。」教練説。

「教練，你想説什麼？」阿來問。

「我一直想活得精彩，希望連弟弟的一生都活過來。如果弟弟還在，他一定喜歡小野豬足球隊。」教練輕輕説。

「我明白了，我要活得更好，連同為救我們犧牲的英雄活好自己的生命。」阿來説。

機艙傳來空中服務員的廣播説：「現在是休息時間，機艙的燈會熄滅，有需要的乘客可以亮起座位頭頂的燈。」

機艙暗下來，阿來聽到附近的隊友傳來均勻的鼾聲，顯示大家都睡得很穩。

　　「教練，我們要亮起頭頂的燈嗎？」阿來問。

　　「你忘了我們心裏有光嗎？」教練説。

　　阿來想起被困山洞的日子，每一日都提醒自己要有信心，但走出山洞以後，他依然住在教堂，父母還在遙遠的地方，他對未來變得沒有信心了。

　　教練彷彿明白阿來的想法，即使他沒有説出來，教練都明白孤獨無助的感覺，輕輕對阿來説：「亮起心裏的光，依照內心明亮的選擇行事，努力讀書，未來一定光明的。」

　　「教練，按一下亮燈是否更易得到光呢？」阿來打趣説。

　　「相信自己，我們內心的光是最明亮的，我們可以照耀自己，以至他人。」

後記

✦ 愛的救援・愛的故事──關麗珊 ✦

二〇一八年六月，從新聞報道知悉一羣泰國少年在山洞失蹤，生死未卜，相信許多人曾為他們擔憂。

泰國清萊府的野豬足球隊十二名成員和教練，在二〇一八年六月二十三日一起走到睡美人山洞探險，由於天氣突變，暴雨灌入山洞，令唯一的出入口變成水道，他們只能往洞穴深處跑去。十三個人年齡由十一歲至二十五歲不等，未必有能力應付突然而來的災禍。

有個英國洞穴潛水愛好者住在附近，了解山洞水道險要，即時跟當地政府提出向外國專家求助，才能在短時間內聚集來自全球的數百名義工投入救援，當中包括潛水專家和醫療人員，幸運的是有一個洞穴潛水專家同時是醫生，對救援工作起了關鍵作用。

等候多日，才見到找到十三名足球隊少年和教練的消息，以為他們可即時離開山洞，根本不知道那是史上最困難的救援行動。隨着資料越來越多，我才明白山洞水道迂迴曲折，部分狹窄得連一個人都很難穿過，如果少年不懂潛水，潛水員難以將他們救出山洞的。

　　局方曾計劃讓十三人在山洞生活多月，學識潛水才潛出洞，很快被專家否定，因為洞內含氧量不足，沒有人可以長期在那兒生活，幸好在超過一千人的努力下，在七月十日救出所有被困的人。

　　整個救援過程充滿愛，來自二十多個國家的義工參與救援，人人緊守崗位致力救人。就算工程人員抽出山洞積水淹蓋農田，農夫損失慘重，但不要賠償，他們只願孩子平安。

　　雖然教練帶十二個少年走進洞穴被困，但沒有家長怪責他，因為教練盡力照顧十二個少年，教他們冥想和飲清潔冷凝水，要不然，十二個少年未必可以在黑暗山洞維持身心健康，更難忍受飢餓和恐懼的煎熬，大概捱不到救援人員發現他們。

最令人遺憾的是前泰國海軍精英海豹部隊成員 Samarn Poonan在救援行動犧牲，提醒我們別為自己的魯莽行動連累他人。

　　小説改編自真人真事，當然有創作成分。現實是教練和三個隊員沒有公民身分和國籍，在全球關注下，他們在同年八月八日得到公民身分。希望世界各地未有國籍和公民身分的人，都有一天可以得到身分認同。泰國有這樣充滿愛和奇跡的事情，任何地方都可以有愛和奇跡。

　　順帶一提，我有中醫學位和瑜伽教師資格，小説寫的冥想方法和醫學理論是正確可行的。

　　感謝新雅同事協助製作和推廣這個充滿愛的故事，感謝你閱讀這本小説。